浪人上さま 織田信長

覇王、江戸に参上！

中岡潤一郎

コスミック・時代文庫

この作品はコスミック文庫のために書下ろされました。

目次

第一話　覇王、江戸に参上！

一

慶長十一年（一六〇六）、江戸——。

織田信長《おだのぶなが》が騒動に気づいたのは、日本橋を渡って、呉服町《ごふくちょう》の角を曲がったときだった。

派手《はで》な小袖《こそで》の武家が町民を怒鳴りつけている。若い男が尻餅《しりもち》をついていて、それを髭面《ひげづら》の男が見おろすという格好だ。

昨日の雨の影響で道は泥濘《ぬかる》んでおり、町民の着物は黒く汚れている。

昼過ぎとあって人通りは多く、人夫や大工、呉服屋の丁稚《でっち》が足を止めて見ていたが、割って入る者はいない。

武家が蹴飛ばすと、町民はあおむけになって転んだ。

「ひでえな。自分からぶつかっていて、あれかよ」

若い左官が顔をしかめる。

いつしか武家は三人、四人と増えて、町人を取り囲んでいた。ひとりが町人を無理やり引きずり起こして、顔を張り倒した。唇が切れて、顔が血で染まる。

涙を浮かべる町民を見て、信長は歩み寄った。

自分も若いころには、さんざんに悪さをした。田畑を踏み荒らしたことも一度や二度ではない。

だが、往来で弱い者を小突きまわし、口元をゆがめて笑ったことはなかった。

あまりにも卑怯《ひきょう》であったからだ。

「おぬしら、いいかげんにせぬか」

信長は語りかけた。声を低くして迫力を出そうとしたが、喉《のど》が渇《かわ》いていたため、最後はうわずってしまった。

七十を過ぎてから、いつもこうだ。

「なんだ、おまえは」

中央の武家が、信長を見つめた。

年のころは二十歳前後で、朱の越後縮《えちごちぢみ》に八丈《はちじょう》の羽織《はおり》を身にまとい、縄帯《なわおび》を三重に巻いていた。髪は茶筅髷《ちゃせんまげ》で、濃い髭を生やしている。

かぶき者だ。町を歩いていれば、一刻にひとりは見かける荒くれ者だ。

関ヶ原《せきがはら》での大戦が終わって六年。天下が落ち着きを見せる一方で、彼らはその流れに乗りきれず、阿呆《あほう》のように暴れまわっている。

手のつけられない馬鹿どもであったが、腕っ節が強いこともあり、取りおさえることは難しく、町民はその姿を見ると、怯《おび》えて隠れてしまう。

髭の男は、信長を睨《にら》んだ。

「よけいな口出しはするな。爺《じじい》のくせに」

「そうきたか。たしかに年は取っているがな」

今朝、鏡に映った自分の姿を見たが、髪や髯は白くなっていて、額の皺《しわ》も深くなっていた。髷は結うことができるが、若いときに比べて、髪が薄くなっていることはあきらかだ。

身体つきは鍛えていることもあって、昔と変わらなかったが、肌は乾き、さすると皮が剝《は》がれることもあった。今日の着物を憲法《けんぽう》色の無地にしたのも、年相応という言葉が頭がよぎったからだ。

いまさら爺さまと言われても、さして腹は立たぬ。

相手が無礼者でなければ。

「その爺に口を出されるとは、なんともみっともない。そこいらの子どもよりも格好が悪いぞ」

「なんだと」

羽織を着た男が前に出て、信長を睨みつけた。

「俺は神武《じんむ》組《ぐみ》の羽柴《はしば》錬五郎《れんごろう》と言う。尾張《おわり》の生まれで、若いころには合戦に出たこともある。あの太閤秀吉《たいこうひでよし》さまの一党としてな。おぬしは何者だ」

「儂《わし》は織田……」

言いさして、信長は口を閉ざした。本名は明かすなと固く言われていた。ばれて説教されるのは面倒くさい。

「織田、なんだよ」

「ああ、すまぬ。儂は小田川《おだがわ》三郎《さぶろう》。竹《たけ》町で暮らす貧乏侍よ。生まれは尾張だから、おぬしと同じだな。合戦にも出たよ。秀……いや、太閤のこともよく知っている。若いころからな」

「よく言う。貴様みたいな爺が」

「ああ、そうさ。何度となく槍《やり》を振るい、鉄砲を撃った。口先だけの馬鹿とは違うさ」

信長は前に出て、錬五郎を睨みつけた。

「頭目《とうもく》に言っておけ。威張るのであれば、強い者を相手にしろとな」

「なんだと」

「そこの堀を渡れば、名の知れた武家がいくらでもいる。黒田《くろだ》、細川《ほそかわ》、前田《まえだ》。数えあげれば切りがない。連中は戦国の世を生き抜いた剛《ごう》の者だ。喧嘩に勝てば、どこぞの家中が目をつけて、おぬしらに声をかけてくるかもしれんぞ」

信長は顎《あご》をしゃくって冷笑を浮かべた。

「まあ、その前に、さんざんに斬り刻まれて、そこらの浜辺に捨てられるのが相場であろうがな。合戦を知らぬ馬鹿に、連中は倒せぬよ」

「無礼な。よくも……」

「弱い者いじめをして喜ぶ馬鹿に、誰が礼儀を尽くすか。この屑《くず》どもが」

挑発に、錬五郎が太刀《たち》に手にかける。

だが、白刃が春の光を受けるよりも速く、信長は錬五郎との間合いを詰めて、脇差《わきざし》を抜いていた。懐《ふところ》に入ると、すくいあげて耳を切り飛ばす。

悲鳴があがり、血飛沫《ちしぶき》が飛ぶ。

かぶき者が驚くさなか、信長は横に跳んで、ふたり目の足を斬り裂く。

大地が赤く染まって、大男が倒れる。

あわてて残りの三人が太刀に手をかけるが、動きが遅すぎた。

信長は駆け寄ると、三人目の肩と四人目の左手を軽々と斬り裂く。

悲鳴をあげて、ふたりはさがる。

「去《い》ね。もたもたしていると、今度は心の臓をえぐるぞ」

信長が睨《にら》むと、錬五郎は顔をゆがめた。太刀に手はかかっていたが、それを抜くことはなく、ゆっくり後退していく。仲間がそれに続いた。

角を曲がって姿を消す直前、何事かわめいたようであったが、聞き取ることはできなかった。負け犬の遠吠えだろう。

戦いが終わって、町の空気はゆるんだ。

野菜売りが小道から姿を見せ、それを見て商家の丁稚が呼びとめる。遊女とおぼしき女が大通りを横切って、小間物屋《こまものや》に声をかける。穏やかな風が吹き、子どもの声が彼方から響く。

日常が戻ってきたのを感じて、信長は大きく息をついた。

決着はついた。この程度で済んだのは幸いだったが……

背を向けて彼が歩きだしたところで、横道から声がかかった。

「また、やらかしましたな」

やはりいたか……気配は感じていたが。

「見ていたのか」

信長が顔を向けると、編笠《あみがさ》に墨染めの直綴《じきとつ》というでたちの僧が近づいてきた。脚絆《きゃはん》と手巾《しゅきん》を身につけ、頭陀袋《ずだぶくろ》をぶらさげている。

老人で、目尻と額には深い皺がある。かなり痩せていて、肌もすっかり乾いているが、瞳の奥の輝きははじめて会ったときと同じだ。

気迫は衰えていない。

「声をかけろ。馬鹿者が」

「手前が来たとき、喧嘩ははじまっておりましたよ。いきなり刃傷沙汰《にんじょうざた》とは、面倒なことになりますぞ」

「まさか。この程度の喧嘩なら、そこいらでやっている」

信長は、錬五郎が消えた曲がり角を見つめた。

「城の普請《ふしん》がはじまって、武家も町民も気が立っている。三日前には、呉服橋で辻斬りも出た。喧嘩のひとつやふたつ、いまさら騒ぎたてることはなかろうて」

信長は周囲を見まわした。

「家康《いえやす》が天下を取ってから六年。この江戸は立派な町になった。これからも大きくなるだろう。政《まつりごと》の中心は、京でも大坂でもない。ここよ。そういうことだ」

信長は僧に背を向けて歩きだす。首を振って、ついてくるように示しながら。

「よろしいので」

「かまわん。どうせ、用事があるから来たのであろう……明智《あけち》十兵衛《じゅうべえ》光秀《みつひで》」

「その名は捨てました。いまは南光坊天海《なんこうぼうてんかい》と」

「儂にとっては、いつまでも十兵衛光秀よ。いいから来い」

信長が先に進むと、光秀と呼ばれた僧はそのあとに続いた。

海から押し寄せる風が、ふたりの間を吹き抜ける。それは、不思議なほど温かかった。

二

信長が光秀を連れていったのは、京橋にほど近い、竹町にある飯屋だった。茶漬けと漬物しか出さず、縁台すら満足に用意されていなかったが、それでも屈強な男たちが集まって、立ち食いで食事を取っている。

売り手も客も男ばかりだったので、店の空気は荒々しかった。

信長が声をかけると、無愛想な店主が茶碗と小皿を持ってきた。それを受け取り、外に出る。

「中で食べないのですか」

「熱苦しい。海でも見ながら掻きこむのがちょうどよい」

「さようで」

竹町は京橋川の河口に位置し、近くには入り江がある。

遠浅で、目の前には高い草が生えていて、少し砂浜を掘れば浅利《あさり》を山のように獲ることができる。先だっての飯屋も、店主が朝のうちに浅利を獲って、茶漬けに入れている。それが名物と言われて、人を集めているのだからおもしろい。

「近いうちに、そこの浅瀬は埋め立てるようですな」

光秀は、信長の隣に腰をおろした。よいこらしょと声を出したのは、わざとか、それとも本当にものぐさになってのことなのか。

「人が住める場所を増やすか。いまの江戸は手狭《てぜま》だからな」

「このあたりは遠浅ですから、近くの山を切り崩せば、沖まで埋め立てることができます。まあ、十年もあればなんとかなるかと」

「それは、誰にやらせるのだ。まさか家康が自腹を切るわけがあるまい。加藤《かとう》か、福島《ふくしま》か、細川か、それとも又左《またざ》のところか」

「前田さまは、権中納言《ごんちゅうなごん》になりましたぞ。七年前に辞されましたが」

光秀の言葉に、信長は首を振った
「又左の一族が公卿とは恐れ入る。まあ、あの猿《さる》が関白《かんぱく》にまでなったのだから、驚くことではないか。ましてや、あの家康が関ヶ原での戦に勝って、天下に差配《さはい》するというのであるからな。時は流れるということか」

信長は茶漬けを掻きこんだ。魚が跳ねて、白波が割れる。

吹きつける海風に、春の息吹を感じる。三月もなかばを過ぎて、桜の花がちょうど見頃である。

昨日も於玉ヶ池《おたまがいけ》まで赴《おもむ》いて、ゆっくり茶を飲んできたところだ。

江戸の春は京ほど雅《みやび》ではないが、素朴《そぼく》で濃厚だった。

信長は茶碗をかたわらに置くと、ゆっくり口を開く。

「ずいぶんと時が経ったな」

「さようで」

「おぬしが本能寺《ほんのうじ》を襲ってから、どのくらい経つ？」

「ここで、それを聞きますか。二十と四年といったところでしょうか」

「それだけ経てば、いろいろと変わるな。人も町も」

「手前も、上さまも」

「ああ……まさか、こうしておぬしと飯を食って話をするとは思わなかったな。互いに殺しあった仲であるのに」

信長の嫌味に、光秀は顔をゆがめて笑う。他に浮かべる表情がないのだろう。

あのとき……京に二万の軍勢が押し寄せてきたとき、すべてが変わった。

日の本をつかみかけていた信長はすべてを失い、その後、新しい人生を手に入れたのである。


本能寺の変が起きたのは、天正十年（一五八二）、六月二日のことだ。

払暁《ふつぎょう》、異様な騒ぎに信長が目を覚ますと、小姓《こしょう》の森蘭丸《もりらんまる》が襖《ふすま》の向こう側から声をかけてきた。

「取り囲まれております。敵勢は一万を超えるものかと」

「惟任日向守《これとうひゅうがのかみ》でございます」

「どこの者か」

そのときの衝撃を、信長はまだ覚えている。まさか、あの光秀が、という思いが全身をつらぬいていた。

光秀につらくあたっていたという自覚はあった。美濃土岐《みのとき》氏の係累《けいるい》で、戦に強く、政も巧みにこなしたので重用していたが、その一方でもっとできるだろうという思いもあったからだ。

難物の丹波《たんば》をまとめあげたときには、時間をかけすぎたとなじり、朝廷との交渉が失敗したときには、扇《おうぎ》を投げつけて怒鳴った。

しかし、それも光秀なら、もっとうまくできると考えてのことだ。

正親町《おおぎまち》天皇の安土行幸《あづちぎょうこう》が取りやめになったときも、信長は家臣が居並ぶ安土城の天守で光秀を面罵《めんば》した。

武田征伐《たけだせいばつ》を終わらせたあとのことで、信長としては天皇行幸にあわせて天下静謐《てんかせいひつ》を宣言し、みずからが日の本をまとめあげる存在であると誇示するつもりだった。その際には光秀を褒め称え、天下一の武将であると、朝廷の面々に示そうと考えていた。

どんなにつらくあたっても、信長は光秀が謀反《むほん》するとは思わなかった。追いこめば追いこむだけ期待に応《こた》えてくれたし、この先もそれが続くと信じていた。

安土行幸にしても、六月四日には、光秀が天皇と会って再考を求める予定になっていて、今度はうまくいくと本気で考えていた。

だから、揺れる光秀の旗印《はたじるし》を見たとき、信長は天地がひっくり返ったかのような思いを味わった。しばらくは信じられなかった。

「是非《ぜひ》もなし」

鉄砲の音で、ようやく信長は状況を認識し、その場で切腹する旨《むね》を告げた。こうなったら、よいも悪いもない。せいぜい悪あがきして死ぬだけだ。

そのつもりで太刀を手にしたところで、小姓のひとりが猛烈に反発した。

森蘭丸である。

「なにをおっしゃいますか。上さまに日の本を手に入れていただくことこそ、我らの宿願。かならず道を開いてご覧に入れます。ですから、ここはお逃げくださ い」

蘭丸は信長の命令を待たず、敵勢を迎え撃つ態勢を整えると、影武者《かげむしゃ》の信長を前面に押しだして耳目《じもく》を引きつけ、退路を探った。女官や商人にまぎれて逃げる手筈《てはず》も整えたが、これは最後のところで露見《ろけん》してうまくいかなかった。

やがて、宿坊《しゅくぼう》に火がかかり、一行の行く手を遮《さえぎ》った。

見苦しい真似はしたくないと信長は脇差に手をかけたが、そこでも蘭丸がおさえた。

「駄目です。逃げるのです」

蘭丸の目は血走っていた。それは、第六天魔王《だいろくてんまおう》と呼ばれた信長を押しとどめるだけの迫力があった。

西の宿坊からあがった火は、本能寺の伽藍《がらん》を包みこんだ。庇《ひさし》が崩れて、天井が落ちてくる。凄《すさ》まじい火勢に、敵勢も後退した。

そこに、一瞬の隙《すき》ができた。近縁が焼け落ちたおかげで、池までの道が開き、その先には崩れた白壁が見てとれた。

「いまです。あそこに」

蘭丸は走った。信長がそれに続いたとき、屋根が大きく傾いて崩れた。

上さま、危ない、という小姓の声が響いたところで、信長の意識は途絶えた。

「よく、落ちのびることができましたな。すべてが燃え落ちたあの場から」

「前にも言ったとおり、皆がかばってくれたおかげだ。坊丸《ぼうまる》が押しこんでくれてな。かろうじて、崩れた屋根の隙間に入った」

「火は相当に激しかったはず」

「蘭丸が引っ張りだしてくれた。それでも半分、死んでいたな」

生き残った信長は小姓に抱えられて、今井宗久《いまいそうきゅう》の屋敷に担ぎこまれた。

事情を知って、宗久は即座に信長をかばうことを決めた。京で見つかれば、即座に討ち取られると考えてのことだ。その前に手を打たねばならなかった。

本能寺が焼け落ちた七日後、宗久は眠ったままの信長を京から連れだした。

目的地は、大和国吉野《よしの》にある今井家の別宅だった。葛城山《かつらぎさん》の麓《ふもと》を越えたとき、筒井順慶《つついじゅんけい》の兵に見つかり、誰何《すいか》されるという事態もあったが、なんとかくぐり抜けて六月二十日には別宅に入ることができた。

同行した家臣はわずか十名。本能寺で奮戦した森坊丸、森力丸《りきまる》はいずれも討ち死にしていた。

「それから目が醒《さ》めるまで、三か月でしたか」

「頭がはっきりしたのは、秋だ。十月と言われても、よくわからんかった」

信長は茶碗を置いた。押し寄せる海風は、吉野の山で吹き抜けていた北風とよく似ていて、冷たく感じた。

「身体を動かせるようになるまで、さらに三月《みつき》。立って歩けるようになるまで、そこから半年かかった。隠れ家から出て、人と話をしたのは、なんと二年後よ。驚いたな」

「歩いて話をできるようになっただけでも、たいしたものです。傍目《はため》にはほとんど変わりがない」

「身体中、傷だらけであるがな」

死線をさまよった信長は、ついに馬で野原を駆けめぐることができるまでに快復した。だが、それは新しい現実を彼に突きつけた。

「驚いたのは、世の中ががらりと変わっていたことよ。なんと、あの猿めが勝家《かついえ》を倒し、長秀《ながひで》も配下に置いて、天下に号令しておった。しかも、家康と尾張国内で合戦の真っ最中ときている。織田家は端《はし》に追いやられていて、どうでもよい扱いだった」

嫡男の信忠《のぶただ》が光秀に討たれたことは聞いていたが、まさか三男の信孝《のぶたか》までが自刃していたとは思いも寄らなかった。しかも、それを強《し》いたのは、次男の信雄《のぶかつ》であるという。

孫の三法師《さんぼうし》も秀吉の庇護下で、影響力はなかった。

信長は、自分がいない間に、織田家が完全に崩れ落ちたことを知った。

「諸行無常《しょぎょうむじょう》。人の世のおかしさを思い知らされたよ」

「きっかけを作ったのは、手前ですな。申しわけなきことをいたしました」

「よせ。盛者必衰《じょうしゃひっすい》は世のならい。器量がなかったから、うまくいかなかった。それだけのことよ」

信長は手を振った。

「信雄にせよ、信孝にせよ、覇気があればどうとでもなった。本気で天下を目指せば、いくらでも従う者は出てきたはずで、駄目だったのは、その程度でしかなかったということだ。逆に言えば、猿は転がりこんできた天下を逃がさなかったということで、それはそれでたいしたものよ。いまさら、恨みはせぬ」

「さようで……」

「それに、あの本能寺の戦いは、どうにもおかしかった。おぬしにしては雑で、動きも遅かった。不自然なほどにな」

なにがあった、と信長は視線で訊ねたが、光秀は視線を切って応じなかった。

能面のような無表情だ。

前に、この話題を振ったときも同じだった。

それは四年前、はじめて信長が江戸に入ったときのことで、竹町に住処を見つけた際に、光秀が突然、現れて話をしたいと語ったのである。

当初は偽者ではないかと疑ったが、光秀と信長しか知らぬ事柄を淡々《たんたん》と語ったことから、互いに生き延びたことを確信した。

話のなかで、信長は当然、本能寺の件について触れたが、光秀はなにも言わなかった。

本能寺への来襲は意外かつ雑で、その裏になにかがあることは想像がついた。なにがあったのか、いまでも知りたいが、光秀に話す気がないならば無理強いするつもりはなかった。あまりにも時が経ちすぎており、事の次第をあきらかにすることに意味があるとは思えなかった。

「京に出たとき、時が流れたことを思い知った」

信長が忍んで京に出てきたのは、本能寺の変から五年後、天正十五年三月のことだ。

荒廃していた町は華やかさを取り戻し、戦の世が去ったことを感じさせた。民の表情は穏やかで、四条の大通りは買い物の客でいっぱいだった。四条の大通りは、買い物客であふれていた。

驚くべきことに、秀吉は豊臣《とよとみ》という新しい姓を賜《たまわ》り、関白にのぼりつめていた。聚楽第《じゅらくだい》という豪奢《ごうしゃ》な城郭を築き、そこで差配を振るう姿は、まさに天下人と呼ぶにふさわしかった。

すでに九州討伐は終わり、秀吉に従わない勢力は関東の北条《ほうじょう》と奥羽の一部だけになっていた。いずれ彼らも臣従するだろうと思われており、日の本の統一は成し遂げられたかのように思われた。

一方で、信長が心血を注いだ安土城は、跡形もなく消え去り、城下町も寂れ、往事の面影はまったくなかった。信長が訪れたのは十一月のなかばで、吹きおろしの風が異様に冷たかったのを、いまでも強く覚えている。

「あの町を見て、馬鹿馬鹿しくなった」

信長は立ちあがって、腕を組んで大きく振りあげた。身体が軋《きし》む。

「なにをやっても、結局は滅びてなくなる。懸命に積みあげた栄華も、一瞬で消え去る。人間五十年、化天《げてん》のうちを比ぶれば、夢幻の如《ごと》くなり……とはよく言ったものだ」

「一度生を享け、滅せぬもののあるべきか。よくおっしゃっていましたね」

企《つまだ》つ者は立たず、跨《また》ぐ者は行かず、とも言う。無理して築きあげた世界は、長くは保たず、いつしか追い落とされて、別人が差配を振るう。信長が作りあげた新しい世も、彼が消えるのとともに、夢の如く消えた。

人の営みは虚《むな》しい。

それを察したところで、信長は天下への野望を捨てた。再起したところで、なにも手にできないと深く思い知ったのである。

「その気持ち、手前にもわかります。いまなら」

信長の言葉を聞いて、光秀は立ちあがった。

「天地は仁ならず、万物を以て、芻狗《すうく》となす、ですな」

「織田信長は死んだ。ならば、よみがえらせることなく、そのままにしておけばいい。あとは好き放題に生きる。それだけよ」

信長は数少ない知己《ちき》に生きていることを知らせ、あとはやりたいようにやってきた。

五年ぐらいで死ぬと思っていたが、いつしか天正は終わり、その後の文禄を経て、慶長と呼ばれる時代まで生き延びてしまった。

身体は以前と変わらずよく動き、頭もしっかりしている。

自分でも驚きであった。

「まさか、蘭丸より長生きするとは思わなかったな」

「身体の具合、最後までよくならなかったと聞いております」

「誰から聞いた……ああ、宗久か」

蘭丸は、信長とともに吉野に落ちのびたが、本能寺で負った深傷《ふかで》が回復せぬまま、五年後に死んだ。下半身は動かず、顔は大きな火傷でゆがんでいたが、瞳の奥に輝く光だけは最後まで消えることはなかった。

「上さま、天下をつかんでください」

それが最期の言葉だった。

蘭丸の死も、信長から再起の思いを奪い取った。

狷介《けんかい》ではあったが、政の才覚は持ち、一国をまかせても十分にやっていけた人物が、信長にこだわったばかりに最後まで手にすることのできぬ天下に執着し、歯が砕けるほどの口惜しさを胸に抱えたまま死んでいった。

晩年の蘭丸は、顔をゆがめ、絶えることなく秀吉への呪詛《じゅそ》を吐いていた。その表情が、信長の天下への思いを削ぎ落としたと言える。

信長が海岸を離れると、光秀も着いてきた。

午後のやわらかい光が、ふたりの頭上から降りそそぐ。

まだ陽が沈むまでは時がある。その証拠に、竹町の周囲には人夫が集まって、艀《はしけ》から荷を陸揚げしていた。飯屋の前では怒鳴り声もする。

「上さま、今日は、おとなしくしていてくだされ」

「出かけぬよ。疫病神みたいな言い方はするな」

「それなら、まだましかと。第六天魔王が本気で暴れたら、江戸の町が火の海に飲まれます。仏敵《ぶってき》と呼ばれたくなければ、覇気はお隠しくだされ」

「よけいなことはせぬ。いちいちうるさいぞ」

信長が竹町のねぐらへと足を向ける。

去年までは、信長は鍛冶町《かじちよう》の一軒家を借りていたのであるが、その周囲に大名屋敷が増えるのを見て、居を移した。知りあいと顔を合わせるのは面倒だった。

一軒家であるが、下男と下女がひとりずつ住みこんでいたので、自由に使える部屋はひとつだけだった。

かつての城暮らしに比べれば、格段に質素であるが、信長は気に入っていた。

「戻るか」

どうせ、あの世にはなにも持っていけぬ。

信長がねぐらに近づくと、怒声があがった。

小間物屋の前に、かぶき者の一団が集まっていた。さかんに声を荒らげて、野犬のように周囲の町民を威嚇している。

そのうちの一匹が信長を見た。顔には見覚えがある。

「おい、いたぞ」

その声で、かぶき者たちが駆け寄り、信長を取り囲んだ。

右の男は先刻の喧嘩で、ただひとり、傷を負わなかったかぶき者だ。

まったく懲りていない。吠え散らかす男の顔を見て、馬鹿に思い知らせるには徹底してやらねば駄目だ、と信長は後悔していた。

「頭目が落とし前をつけたいと言っている。ついてきてもらおうか」

かぶき者の恫喝《どうかつ》に、信長は光秀を見た。

「儂のせいではないぞ。騒ぎが勝手に向こうから来たのだからな」

「よくも、そんなことを」

「十兵衛よ。こういうときにはどうすればいい」

光秀は、首を振った。自分は知らぬと言いたげである。

信長は息を大きく吐くと、かぶき者を見つめた。ここは自分でやるしかないか。

「そういきりたつな。話を聞くから」

かぶき者の視線が集まる。

いずれも若く、十代が半分、残りが二十代前半といったところか。馬力だけで生きている年頃であり、かつてはそれを羨《うらや》ましいと思っていた。

詰め寄る荒くれ者に、信長は笑って応じた。

「さて、儂はなにをすればいい」

三

騒ぎのあった翌日、信長は誓願寺《せいがんじ》の北に向かっていた。そこに、かぶき者たちのねぐらがあり、彼らの頭目が待っているとのことだった。

誓願寺は神田須田町の寺院で、家康が江戸入りするのにあわせて作られた。かつては神田白銀町にあったが、江戸の町が拡大するのにあわせて、現在の地に移転し、寺域も大きく広がった。新築の大伽《が》藍《らん》は美しく、派手である。

門前町には茶店が並び、参拝客を相手に商売している。先日は茶店の裏で勧進《かんじん》能《のう》が開かれ、多くの客を集めた。江戸の新しい名所と言える。

信長は、かぶき者に案内されて、誓願寺の脇を抜けた。小川を渡ると、目の前には野原が広がる。

三年前、家康が幕府を開くのにあわせて、江戸の町は大きく変わった。

山を切り崩して、深く入りこんでいた日比谷の入り江を埋めつつ、その入り江に流れこんでいた平川《ひらかわ》という川の流れを変えて、海と結びつけた。江戸城の堀も整備して、荷の輸送が容易に進むように工夫をこらした。

埋め立てが進んだことで、町屋の範囲は広がった。神田には町民が暮らすようになり、大工町、乗物町、白川町、蠟燭町《ろうそくちょう》といった職人町も増えていた。

平川の河口には材木を取り扱う商店が多く並び、さかんに船が出入りしている。信長の竹町にも、西国から移転してきた材木問屋が店をかまえ、人夫を雇って荷を陸揚げしていた。

人と物の動きが活発になっているのは、江戸城の普請がはじまったからだ。

今月のはじめから細川、黒田、池田《いけだ》、藤堂《とうどう》、浅野《あさの》といった戦国の世を生き延びた強者が集まって、堀と天守台の整備を手がけている。

内堀は以前よりも深くなり、石垣も積みあげられた。外堀の一部にも石垣が入り、堀にかかる橋も大きくなった。完成すれば、江戸城の惣構《そうがまえ》は途方もなく大きく、強固になるだろう。

誓願寺の周辺も、町の整備にあわせて、人が増えているが、その裏手はまだ野原で、夜になれば野犬が集まって吠え続けるような場所だった。

西の山から小さな川が流れ出ていて、そのうちのいくつかは低地に流れこみ、於玉ヶ池《おたまがいけ》という大きな池を作りだしている。雨が降ると水があふれるので、幕府は周辺の整備を考えているようだったが、いまのところ普請がはじまる気配はなかった。

神田から離れて、信長が小川に沿って歩いていくと、一軒家が視界に入ってきた。板葺きで、壁や屋根の具合から新築であることがわかる。まわりは小川に囲まれており、それはさながら堀のようだった。

信長は、かぶき者に引っ張られるようにして敷地に入った。

縁側にまわると、赤い羽織の男が腕を組んで立っていた。

背は高く、肩幅も広い。髷は惣髪《そうはつ》二《ふた》つ折《お》りで、あえて手入れをしていないようだ。

小袖は綿。麻の細帯《ほそおび》を幾重にも巻いていた。

血走った目が、信長にまっすぐに向いている。顔は真っ赤で、少しつつけば破れて血潮があふれだしそうだ。

男が口を開こうとしたので、信長はあえて機先を制した。

「おぬしが頭目の大鳥逸平《おおとりいっぺい》か。人足のまとめ役を務めているという」

大鳥は顔をしかめた。先手を取れなかったのが、腹立たしかったのだろう。

まったく江戸の武士は生ぬるい。名乗りも満足にあげられぬのか。

「腹立つ爺だな。その軽口、きけなくしてやろうか」

「けっこうだが、そのときはおぬしも、五臓六腑をその縁側にばらまくことになるぞ。子分がどのような目に遭ったか、聞いておるだろう」

信長はわざと嘲《あざけ》るように笑った。

「まだ、答えを聞いておらぬぞ。おぬしが大鳥逸平なのか」

「ああ、そうだ。こいつらの面倒を見ている」

大鳥の背後には、太刀を手にしたかぶき者が並んでいた。その数は十人で、いずれも人のひとりやふたりは殺しているような面構《つらがま》えだ。

大鳥逸平は武蔵国大鳥の生まれで、かつては本多《ほんだ》家に仕えていたが、同僚と刃傷沙汰を起こして、逐電《ちくでん》した。その後は相模小田原《さがみおだわら》や武蔵深谷《むさしふかや》で悪さを続け、関ヶ原の戦いが終わった頃合いを迎えて、江戸に出てきた。

面倒見がよく、分け隔《へだ》てなく人と接したので、人望を集めて名前を知られるようになった。とりわけ武家奉公人の評価が高く、喧嘩沙汰になれば、榊原《さかきばら》や井伊《いい》といった名の知れた家の奉公人が加勢に出てくるようだ。

それに目をつけたのが、家康の直臣である大久保《おおくぼ》長安《ちょうあん》で、人足元締めの役目を与えた。江戸は、城の普請にあわせて揉め事も増えており、大鳥の腕っ節と評判は、彼らをまとめるのに適していると見たのであろう。いまでは事実上の家臣として扱っているほどだ。

実際、大鳥は三年前から元締めとして働き、見事に人足をまとめあげていたが、その一方で、異様な風袋《ふうたい》で武家屋敷をうろつき、有名大名の家臣に喧嘩を売っては面倒を起こしていた。

その身の上を光秀から聞いたとき、思わず信長は笑ってしまった。

馬鹿はどこにでもいるものだ。

「まさか、本当にひとりで来るとはな。驚いたぜ」

大鳥は笑った。獰猛《どうもう》で、さながら野獣のようだ。

「どこぞの仲間でも連れてくるかと思ったのだがな」

「この程度、どうということはない。千を超える兵に取り囲まれたこともあったからな」

「関ヶ原に行っていたとでも言うのか」

「まさか、もっと前だよ」

「朝鮮か。それとも小田原か」

「もっともっと前だよ」

「そいつはすごい。尾張で、太閤秀吉と戦ったとでも言うのかい」

大鳥は笑った。取り巻きがそれにあわせて声をあげる。

一方の信長は、口元をゆがめただけだった。

伊勢《いせ》長島《ながしま》で一向衆《いっこうしゅう》に取り囲まれたときには、さすがに死を覚悟した。五千の門徒勢に比べれば、大鳥の一党など赤子《あかご》に等しい。

「べつに甘く見るつもりはないがな」

信長は太刀の柄を叩いた。

「儂が口出ししたのは、弱い町人にからむのはどうかと思ったからよ。名のある大鳥逸平の一党が、弱い者いじめとは情けなかろう。挑むのならば、強い武家にすればよいものを」

「言いてえことはわかる。だが、手下がやられて黙っているわけにはいかないんだよ」

大鳥の目が細くなった。殺気をこめてくるあたりはさすがだ。

昨日、信長が叩きのめしたのは大鳥の子分だったが、彼らは、手間賃の件で揉め事があって、黒田家を相手に一戦を仕掛ける予定だったらしい。

それが思わぬ形で信長に邪魔されてしまい、大鳥は腹を立てたとのことだった。一方的に叩きのめされたというのも、怒りを煽《あお》ったのだろう。

「落とし前をつけてもらいたいな」

「どうしろと言うんだ」

「詫びを入れてもらいてえ。あとはまあ、見舞金でも出してもらえば、それでいいぜ」

「そうかい。町民いじめを邪魔して、申しわけありませんでした、とでも言うかい。ついでに、耳やら腕を斬ってしまってすまなかった、端《はな》から心の臓を狙えば楽だった、と」

「なんだと」

「手ぬるいわ。馬鹿が」

信長は、顎《あご》をしゃくって嘲笑した。

「喧嘩を仕掛けてきたのなら、とことんまでやれ。俺がおまえだったら、昨日の夜に夜討ちをかけて、町を丸々燃やして、飛びだしてきたところを切り刻んだ。気合いが足りなすぎる」

「貴様、よくも」

「やめろ」

取り巻きが太刀に手をかけたところで、大鳥がおさえた。目尻はあがっていたが、まだ表情には余裕があった。

「夜討ちなんていらねえよ。こうやって呼びだして取り囲めばいいんだからな」

「であるか」

「斬り捨てるのは簡単だ。だが、ここまでひとりで来た度胸は買おう」

大鳥は太刀を突いて立ちあがった。

「おまえさんに、生き残る機会をやるよ」

「なにをするのだ」

「博打よ」

大鳥は遠縁をおり信長に歩み寄ると、懐から賽子《さいころ》をふたつ、取りだした。

「目あわせをしよう。おぬしと俺が交互にサイを振る。振った直後に目を言い、その目が出たら、当たり。二回先に当たった者が、勝ちとする。爺さまが勝ったら、見逃してやるよ」

「そいつはありがたい」

「ただ、俺が勝ったら、その命もらうぜ。野犬をけしかけるもよし、手足を切って川に放りこむもよし。好きなようにさせてもらうさ」

「おもしろい。やろうではないか」

信長が笑って腰をおろすと、その前に大鳥が座った。彼が賽子を手で転がしたところで、信長が声をかけた。

「振る前に、サイを見せろ。いかさまで命を取られたら、かなわぬ」

「いいだろう。ほれ」

大鳥は賽子を投げてきたので、信長はさりげなく受け取り、大きく腕を振ってから右手の上で軽くまわした。

「大丈夫なようだな。重さも変わらぬ」

信長は笑った。

「振るか」

「いや、おまえさんからやらせてやる。ほれ、振れよ」

信長が笑ってサイを放り投げると、大鳥は十と叫んだ。地面に転がった賽子は四と六で十となった。

「ほら、ひとつ、取ったぞ」

「今度はおぬしの番だな。やれ」

大鳥が賽子を振り、信長は八と言った。目は二と六で八だった。

相手の顔色が変わったところで、信長はすばやく賽子を握《にぎ》って放った。七という応答に対して、出た目は六がふたつで十二だった。

「くそっ、なんだ、これは」

大鳥は顔をゆがめて、地面に賽子を叩きつけるように放り投げた。

八という声が響いて、賽子が転がる。

二と六の目が出るまで、時はかからなかった。

「儂の勝ちだな。ありがとうよ。これで手打ちとさせてもらうぞ」

信長はわざと太刀を杖代わりにして立ちあがった。ゆっくりと大鳥に背を向けたところで声がかかった。

「待て、振ったサイの目。おかしくないか」

「そうか。気がつかなかったが」

「ひとつは六しか出ていなかったぞ。待て。賽子をあらためる」

　大鳥が転がったままの賽子に手を伸ばしたとき、信長の袖から白い賽子がこぼれ落ちた。ふたつだ。

「おぬし、それは俺の……」

「馬鹿者。サイのいかさまに気づかぬと思っていたか」

　信長は嘲った。

「すり替えておいたのよ。それを振っていたら、儂の首はちょん切られていただろうよ」

　信長は、大鳥の賽子を手にした際に、いかさまが仕掛けられていることがわかった。おそらく彼の望んだ目しか出ず、勝負に出ていたら、信長の負けは必至だったろう。

　対抗するには、こちらもいかさまをするしかないわけで、信長は賽子を確かめるとき、わざと袖を振って取り替えていた。

　信長が用意していた賽子にも細工が施してあり、ひとつはかならず六しか出なかったし、もうひとつは一と三と五が絶対に出なかった。言うべき賽子の目は限られており、当てるのは容易だった。

この賽子で信長は人夫相手にさんざん儲けて、この三月《みつき》、優雅に暮らしていたのだ。

「気づかぬおぬしが悪いのよ。馬鹿め」

信長が嘲笑《あざわら》うと、大鳥は顔を真っ赤にして吠《ほ》えた。

「なにを」

言い放つや信長は駆けだし、生け垣の狭間《はざま》を抜けて、敷地を出た。小川を飛び越して、一気に大鳥のねぐらから離れていく。

背後から絶叫とも怒声ともつかない声があがるが、信長は気にしなかった。どんな形であれ、勝負はついた。だったら、あとは逃げるだけだ。

どうせ彼らは忙しく、こんな爺にかまっている暇はないだろう。

騒動はこれで決着がつくと、信長は信じていたのであるが……。

四

「そんな簡単にいくわけがないでしょう」

光秀は話を聞き終えたところで、大きく息をついた。

顔をしかめて首を傾げる姿は、昔と同じだ。木曾川《きそがわ》のほとりで天下について語りあったときにも、同じような仕草をしていた。

「都合のよいように物事を考えますな。爺に舐められて、放っておくわけがありませぬ。面子《めんつ》にかけても詫びを入れさせようと思いますよ。読みが甘いかと」

「思いのほか、奴らは暇《ひま》だったようだ。儂が悪かったよ」

「いつかの朝倉《あさくら》攻めのときもそうです。浅井が動かぬと勝手に決めつけて、敵陣深く入ったところで逃げ道を断たれて……後始末をする者の身になっていただきたいですな」

「いまさら大昔の話を持ちだすな」

信長は顔をゆがめた。

「おぬしは、いつもそうだ。ねちねちと儂をいじめる。腹立たしいこと、このうえない。何度、その首を斬り飛ばしてやろうと思ったか」

「奇遇ですな。手前も同じことを考えておりました。無茶《むちゃ》がひどすぎました」

「だったら本能寺で、きっちり仕留めればよかったのだ。手際が悪すぎよう」

「……いろいろあったのです。上さまの知らぬことが」

光秀は視線を逸らしたが、それも短い間で、すぐに大きな息をついて信長に顔を向けた。

「不毛《ふもう》な話はこの辺で。子どもではないのですから」

「そうだな。いいかげん手を打たんとな。嫌がらせがひどすぎる」

信長も吐息をついた。

ふたりが話をしているのは、信長のねぐらだ。二階建てで、信長は二階の道に面した一室で起居している。部屋の広さは八畳で、板間である。

窓を開けると、江戸湾をのぞむことができて、その眺望を気に入っていた。

しかし、いまはつまらぬものが目に飛びこんでくる。

信長が窓を開けると、街角に派手な着物のかぶき者が立っていた。

嫌味たらしく大声で、信長の悪口を言っている。

爺のくせに昼間から酒を飲んで遊び歩いている、女に手を出して間夫《まぶ》に追いかけられた……。

道行く者がわざわざ足を止めて聞き入ることもあり、なんとも不愉快である。

誓願寺裏のねぐらを逃げだしたあの日以来、信長は大鳥の一党から嫌がらせを受けていた。

家にこもっていれば嫌味な噂をばらまかれ、外に出ればわざとらしくあとにつかれて悪口を言われた。信長の見ている前で、町民にからんで悪さをしたこともあったし、京橋を渡ったところで信長を悪党の元締めのように騒ぎたてたこともあった。

糞尿を近所にばらまかれたのは、昨日のことだ。凄まじい悪臭で、片付けにはひどく手を焼いた。

「こすっからいが、なかなかに効く。一日や二日ならともかく、毎日だからな」

「手前も言われましたよ。かかわれば痛い目に遭うと」

「であるか」

「なにをいまさら、という感じですがね。上さまにかかわったあげく、痛い目どころか死にかけたこともあるというのに」

「まあ、その節はいろいろとすまなかったな……とはいえ」

信長は大きく息をついた。

「儂はいい。悪口には慣れているから、なんとも思わぬ。ただ嫌がらせで、世話になった者に迷惑をかけているのは、いささか心苦しい」

信長はあぐらをかいたまま頭を掻いた。

「あの者がいなければ、儂はこうして江戸で穏やかに暮らすことはできなかった」

「三左衛門殿《さんざえもん》ですか。なにかあったので……」

信長が応じる寸前、襖の向こう側から下男が声をかけてきた。客が来たというので何者か尋ねると、ちょうど話題にしていた人物だった。

信長が通すように言うのと、光秀が座を移すのは同時だった。

襖が開くと、茶の繻子《しゅす》に濃紺の細帯という格好の男が現れた。髷も髯もきちんと手入れされていて、上品な空気を漂わせている。

顔は尖《とが》っているが、不健康な痩せ方ではなく、内面の鋭《するど》さを現しているように見える。

大工町の三左衛門だ。四十二歳になったと聞いたが、三十代でも通じる容貌である。

三左衛門は親の代から、江戸で甲斐屋《かいや》という飛脚屋《ひきやくや》を営んでいる。

その屋号のとおり、甲斐国との縁が深く、甲府《こうふ》には出店《でみせ》があって、江戸の本店と毎日のように連絡を取りあっている。扱う荷物は書状だけでなく、為替《かわせ》や小間物にも及ぶ。

値は張るが確実に書状を届け、しかも速いということから、信頼度は高く、ときには武家から仕事を頼まれることもあった。

信長が江戸に入るにあたって、最初に紹介されたのが三左衛門であり、以来、なにかと世話になっている。彼が面倒を見てくれなければ、間違いなく江戸で干上がっていただろう。

「申しわけありません。とんとご無沙汰をしておりまして」

三左衛門は信長の前に坐ると、丁寧《ていねい》に手をついて頭をさげた。

物腰は穏やかで、へりくだって接しているが、それでいて卑屈なところはなく、振る舞いには清々《すがすが》しさを感じる。

信長は声を高くして応じた。

「こちらこそ、顔を出さず、申しわけなく思っている。儂が好き放題やっていられるのも、おぬしのおかげだというのに」

「とんでもございませぬ。織田さま……いえ、小田川さまのような方と親しく付き合うことができて、光栄でございます」

そこで、三左衛門は光秀を見た。

「天海さまも、御健勝なようでなによりです」

「気を使わずけっこう。皆の知る天海は、大御所さまと京に下《くだ》っていることになっていますので」

影武者を仕立てて、本人は江戸に残る。光秀は家康の側近であり、常にそばにいて意見を述べていると印象づけるのが大事だった。

「そのようで。いろいろと話は聞き及んでおります」

三左衛門の振る舞いは、あくまで穏やかだった。

「豊臣方とのしこりを解くために、奔走していらっしゃるのでしょう。やはり、大坂城の方々が渋っておられるとか」

いまは大御所と呼ばれている徳川家康は、三月なかばに江戸を離れ、豊臣方と折衝《せっしょう》を重ねていた。

将軍職を息子秀忠《ひでただ》に譲ったことで、豊臣家は激昂していた。

それもそのはず、大坂方にしてみれば天下をまとめたのは秀吉であり、将軍職は戦乱をおさめるため家康に一時的にあずけているにすぎない。当然、次の将軍は秀頼《ひでより》だと信じていたところに、家康の息子が二代目の将軍となった。

家康が簒奪《さんだつ》したと考えるのは無理からぬことであるが、それがどれだけ甘い考えかは、戦国の世を生き延びた者なら誰でもわかる。

思わず、信長はつぶやいた。

「欲しければ、自分で奪い取ればいいのよ」

兵をまとめて、叛旗《はんき》を翻《ひるがえ》せばよい。勝てば、天下が手に入る。

もっとも、それができるかどうかは別であるが。

わずかな沈黙を置いて、信長が口を開いた。

「迷惑をかけて、すまぬ」

信長は、深く頭をさげた。ここは筋を通さねばならぬ。

「大鳥逸平の一党、おぬしの店にも悪さをしていると聞く。飛脚も何人か狙われたのだろう。つまらぬ喧嘩に巻きこんでしまって、すまぬ」

大鳥の一党は、信長だけでなく、三左衛門にも嫌がらせをかけていた。信長の面倒を見ていることをどこかで聞きつけたらしく、毎日、現れては悪さをしている。飛脚に襲いかかり、荷物を奪おうとした者もいた。そのうちのひとりに太刀で斬りつけられ、腕に大怪我をした飛脚もいる。

驚くべきは、甲斐の出店でも騒動が起きていることで、店の者が襲われて三人が傷を負った。その翌日には、店に火をかけられそうになった。

ただでさえ、信長の面倒を見るのは大変なのに、無駄な喧嘩をした結果、恩人の三左衛門を巻きこんで迷惑をかけてしまった。

いままで信長はさんざんに尊大と評され、いまだその自覚はあったが、自分のまいた種で恩人に打撃を与えるのは、さすがに胸が痛んだ。

「いえいえ、お気になさらず、たいしたことはございませんから」

三左衛門は穏やかに笑った。

「襲われたのはたしかですが、書状が奪われたわけではなく、期日のうちに相方に届けることができました。店への嫌がらせなど、かわいいものです。ちょっと話を聞いて金を渡したら、さっさと帰っていきましたよ。本気だったら店を取り囲んで、さんざんに荒らし、最後は打ち壊すはずです。威張っているだけの連中ですから、どうということはありません」

「あいかわらず腹が据《す》わっている。相手は名の知れた乱暴者なのに」

「それでも、本物の戦武者とは比べものになりませんよ。私は何度も見てきたのです」

わずかに三左衛門の声が低くなった。目が細まり、眼光が強まる。

三左衛門は、秀吉の小田原征伐に巻きこまれて、父母と妹を殺されている。たまたま深谷に出かけていたときで、進出してきた石田《いしだ》三成《みつなり》の手勢と鉢合《はちあ》わせしたらしい。

落ち武者狩りで、石田勢は殺気だっており、たちどころに一家を捕らえると、父親を斬り殺し、母親と妹を嬲《なぶ》りものにしたのである。

三左衛門も刀でつらぬかれて、もう少しで殺されそうになったところを堀秀政《ほりひでまさ》の手勢に助けられた。

そのときの傷が原因で、いまでも右腕が上まであがらない。

文字どおり地獄を見たわけで、そんな彼にしてみれば、江戸で暴れているかぶき者など、小僧のようにしか見えないのかもしれない。

「いざとなれば、あんな雑魚《ざこ》どもは薙ぎ払えばよろしいかと。手筈《てはず》は整えております」

「重ね重ね、迷惑をかけるな」

「なんのこれしき。よい道楽でございますよ」

三左衛門は淡々と語った。本音がどこにあるのかよくわからないが、それゆえのおもしろみもある。

「そもそも信長さまの面倒を見ようと思ったのも、おもしろそうだと考えたからでございます。天下に手をかけた第六天魔王が生きていて、江戸で暮らしたいと言っている……それだけでも痛快ではないですか。いったい、なにが狙いなのか、なにをしでかすつもりでいるのか、楽しみでなりませんでした。喧嘩の話を聞くたびに、厄介《やっかい》と思うのと同じぐらい、胸が高鳴っているのもたしかでして」

「こんな爺であいすまぬな」

「なにをおっしゃいますか。その目を見れば、魂が死んでいないことは容易に想像がつきます」

　三左衛門は、正面から信長を見据えた。

「父から、人の志を知りたければ、その目を見よと言われてきました。どんなに韜晦《とうかい》していようと、瞳の奥にある輝きだけは隠すことができない。そこが腐っていれば、なにを言っても駄目である。逆に、無言でも炯々《けいけい》と輝いていれば、かならず大事を成すと。聞いたときは、そんなものかと流しておりましたが、この年になると真実であるとわかりますな」

「儂はどうだ」

「一級でございましょう。まだまだ天下をひっくり返せると見ますが」

「おい、褒められたぞ、十兵衛。どうしたものかな」

「よけいな手出しはやめていただきたいですな。ようやく天下は落ち着いたのですから」

「楽しいことになるのに」

「それは上さまだけで、我々は振りまわされるだけです」

「つまらぬことを言う。引っかきまわしてこそ、見えてくるものもあるだろうに」

信長は笑った。それは獰猛《どうもう》で、見る者の肝《きも》を冷やしたのであるが、当の本人は自覚していなかった。

「面倒をかけたと思ったが、そうでもなさそうだ。もう少し派手にやってもよさそうだな。撫で斬りにしてもおもしろいかもしれぬ」

「存分に。尻拭いは、いくらでもいたしましょう」

「さて、では、やり返すか。正面から叩きのめしてもおもしろそうだが……ひとつ、気になることがある」

「もしや、店のことでございますか」

「そこに気づいておられましたか」

光秀と三左衛門が、同時に反応した。さすがに信長はよく物が見えている、と感心したようだ。

信長は、かつての光秀や秀吉との軍議を思いだしていた。

それまで三刻もかけて決まらなかった攻め手が、彼らと話をすると、四半刻で定まり、そのとおりに攻めたてると容易に勝利できた。

物事の筋道が見えている者は判断が速く、それでいて間違わない。

「嫌がらせをするのはわかるが、甲斐屋にまで手を出すのは、どうも筋が通らぬ。荷を狙えば、騒ぎも大きくなり、お上にも睨まれるだろう。名の通った飛脚屋を敵にまわしても、得るところなどない。大鳥逸平は人足頭だ。それぐらいのことはわかっていよう」

「妙に手際がよいのも気になります。甲斐の出店にも、すぐさま手を出しているのですからね」

光秀の言葉に、三左衛門がうなずいた。

「さようで。しかもそれは、信長さまが誓願寺の北で揉めた直後。あまりにも動きが早すぎます」

「なにかが裏で動いているようだ。まずは、そちらを突きとめるか」

信長は立ちあがった。

方針が決まったら、動く。ためらう理由はない。

それは、尾張で戦っていたときからなんら変わりのない、信長独自のやり方だ。

いまさら、それを変える必要はなかった。

五

三日後、信長は日本橋を渡ると、通りを抜けて、北に広がる山に向かった。

そこは小さいが、町民からは神田山《かんだやま》と呼ばれて、親しまれている場所だった。中腹には、江戸城の拡張で移転してきた神田神社があり、参拝する客も目立つ。

神田山は、信長が江戸に来たころは十分な大きさがあったが、日比谷の入り江を埋めるのに使われて、見た目にもわかるほど低くなった。京橋の沖合が埋め立てられれば、さらに小さくなるかもしれない
光秀の話では、神田山の中央を開削して、平川の本流を流しこみ、神田山の東を流れる小河川とまとめて、大川に流す計画が練られているらしい。うまくいけば、江戸城を洪水から守ることができるが、難工事が予想されていたので、いまは保留となっているようだ。

豊臣との戦も考えられるいま、無理はできぬということなのであろうが、逆に言うと、決着さえつけば神田山をふたつに割って、川を打通《うちどおし》する大工事が実行に

移されるかもしれない。

信長は、神田神社の社殿を横目に見ながら、その裏手にまわった。

山の北にまわると、町屋は切れて原野が広がる。まだ陽は高いのに、ひとけはほとんどない。

「このあたりか」

信長が神田山をくだっていくと、原野の中央部を進む隊列が見えた。

馬が三頭に、それを引く馬引が五人。さらにはふたりの人夫に、護衛にあたる町人が三人だ。半分が甲斐屋の店の者で、残りは三左衛門が個人的に雇った浪人だという。

彼らは、二日かけて荷物を八王子に届ける。荷は同心屋敷を整備するために必要な建材で、早く届けるようにと厳命されていた。

信長がこの場に出向いたのは、三左衛門からの依頼があったからだ。気になるので、様子を見てきてほしいとのことだった。

この仕事を持ちかけられたのは、竹町で信長と会った直後らしい。噂で騒動が起きていることは知っているはずなのに、急ぎの仕事を持ちこむのはいかにも不自然である。少なくとも、三左衛門はそう考えた。

信長は彼の勘を信じて、動向を見守るべく神田山まで出てきた。

追いつけたのは、隊列が神田山の裏を通る道を選んだおかげだ。遠まわりだが、人目につかず、隠れて荷物を運ぶのであれば、ここから伝通院の裏を抜けて、四谷まで出たところで甲州街道に入る道筋が最適だった。

この荷駄が出たことを知っている者は、数えるほどしかない。道を知っている者はさらに限られる。

ここで動きがあるとすれば……。

信長が周囲を見まわしたとき、右手の先で背の高い草が大きく揺れた。

殺気が高まる。

咄嗟《とっさ》に信長が駆けだすと、草むらを割って、灰色の小袖に濃紺の袴《はかま》といういでたちの武者が現れた。

全員が覆面をかぶって、顔を隠している。

「来たぞ！　逃げよ」

信長は原野を駆け抜けながら、太刀を抜いた。

「こっちだ！」

信長が吠えると、五人の武士がいっせいに彼を見つめた。

ひとりが手をあげると、三人が信長に向かい、残りのふたりが荷駄に駆け寄る。
老骨に鞭《むち》を打って、信長は一気に間合いを詰める。
出しぬけに跳んだのは、相手の白刃が見えたときだった。
凄まじい横っ飛びであり、一瞬で右の敵との間合いが二間に詰まっていた。
相手の心が揺れる。こちらに来るとは、考えていなかったようだ。
迎え討つべく太刀を構えるが、それはあまりにも遅すぎた。
信長は懐に飛びこむと、右袈裟《みぎげさ》で太刀を振るった。
肩から骨を砕かれて、相手は血飛沫をまき散らしながら倒れる。
背後から気配がして、信長は左に跳ぶ。
ふたり目が間合いを詰めて、上段からの斬撃を放っていた。
鋭い一撃だったが、信長は巧みにさがったので、袖をかすめたに留《とど》まった。
続けざまに胴を狙って刃が迫るが、それは信長が太刀で払いのけた。
強烈な反撃に、武家はさがってかわす。
だが、それは信長の読みにあり、守りに入ったところを狙って、首筋に斬撃を放った。
動脈を断ち切られ、凄まじい勢いで血があふれだす。

敵は刀を振りあげて反撃に出るが、中途で突然、魂を抜かれた人形のごとく前に倒れこむ。

信長は、顔に浴びた返り血をぬぐいながら、三人目と対峙する。

ふたりがあっという間に倒されてしまい、敵方は警戒していた。八双《はっそう》に構えて、間合いを詰めてくる。

「ぬるい。ぬるいのう」

いい動きであったが、焦っているのが感じとれた。斬りあいになった状況を受け止めきれずにいる。

「合戦慣れしておらぬ。豎子《じゅし》め」

戦では、思わぬ事態が起きる。おかげで、何度となく苦杯《くはい》を舐めた。

目の前で起きていることがすべてで、己の算段《さんだん》などどうでもよいのである。

「ぬるいのう」

信長は舌で唇を舐めると、声を張りあげ、駆けだした。

敵方も腹をくくったのか、一気に距離を詰めてきた。

太刀が春の光を切り裂く。

上段からの一撃は強烈だったが、信長はわずかに身体をずらして太刀をかわすと、すれ違いざまに、その腹を斬り裂いた。

敵方は半回転して、ふたたび対峙する姿勢を見せる。だが、刀を振りあげることはできず、前のめりに倒れた。

血だまりが伸び放題の草を穢《けが》す。

男の目は大きく見開いたままで、強い怨みの念を感じさせた。

信長は無言で太刀の血を払うと、荷駄に歩み寄った。

残りのふたりはすでに倒されていたが、片付けたのは、護衛の町民ではなかった。

「見事でございますな」

馬のかたわらに立つのは、僧形の男だった。右手には杖がある。

「さすがは、鶴丸国永《つるまるくになが》。凄まじい切れ味で」

「見ていたのなら、声をかけろ」

「危ないと思ったら、馳せ参じましたよ」

光秀の視線は、信長の太刀から離れない。

鶴丸国永は、平安の御世に生きた五条《ごじょう》国永の作で、刀身二尺五寸九分五厘、反りは九分、拵《こしら》えに鶴の紋様がしつらえられていることで有名だった。

とある経緯で信長が入手し、一度は家臣に賜ったが、武田討伐を終えた直後に取り戻した。

本能寺で多くの愛刀が失われたなか、かろうじて手元に残った逸品だ。

信長が国永を気に入っていたのは、その切れ味だった。柔《やわ》な甲冑《かっちゅう》ならば、真っ二つに切り裂くほどで、本能寺からの脱出でも文字どおり血路を切り開く働きを見せた。

「手並みもあざやかで。柳生《やぎゅう》で学んだという話は本当のようですな」

「しばらくかくまってもらった。一年はこもっていたな」

十年前、奈良で迂闊《うかつ》な行動を取ったおかげで、信長が生きていることが露見しそうになった。そのとき助けてくれたのが、旧知の柳生石舟斎宗厳《やぎゅうせきしゅうさいむねよし》だった。

剣技は、柳生の庄でかくまわれているときに教えてもらった。筋はよいと言ってくれたが、事実かどうかは怪しい。

「おぬしも、腕は衰えておらぬな」

信長は、荷駄のかたわらに転がる死体を見おろした。一刀で首筋を切り裂いている。

刀を合わせた様子もなく、一瞬で勝負がついたことがわかる。

「その杖か。仕込んでいるのは倶利迦羅江《くりからごう》か」

倶利迦羅江は、越前朝倉家所有の名刀で、朝倉家滅亡の際に光秀が手に入れた。刀身は八寸三分。差裏《さしうら》の棒樋《ぼうひ》に倶利迦羅龍が彫りこまれている。

山崎の合戦ののち、坂本城が秀吉の手勢に囲まれると、城を守っていた明智秀《ひで》満《みつ》は宝物の焼失を怖れ、その大半を攻め手の堀秀政《ほりひでまさ》に引き渡したが、そのとき倶利迦羅江だけは渡さず、燃え落ちる城とともに消え去ったと言われていた。

光秀が倶利迦羅江をふたたび手にしたのは、落城の十年後だった。

秀満の側近が刀をあずけられてひそかに脱出しており、時を経て、生きていた光秀と対面したのである。

「あの最期を聞かされては、手放す気にはなれませんでした」

光秀は杖を振った。

「思わぬときに役に立ったりしますので」

「であるか」

信長は倒れた刺客に歩み寄って、その覆面を剝ぎ取った。

「見覚えはあるか」

「知っております。たしか、大久保長安の手の者かと」

「というと、家康の側仕えだな」

たしか、大鳥逸平ともつながりがあったはずだ。

「ご公儀の鉱山を、一手にあずかっておりますよ。甲斐の武田家に仕えていて、その後、徳川家に仕えるようになったと。甲斐や信濃の検地では、ずいぶんと役に立ったようです。佐渡の金山も長安の手が入って、金の取れ高が増えたとのことで」

「ずいぶんと怪しい素性のようだ」

「それでも使えますから」

「甲斐で働いていたか」

信長は口元をゆがめた。

「どうやら、からくりが見えてきたな」

「さようで。もう少しくわしく調べてみますか」

「やってくれ。その間に、儂は仕掛ける」

「なにをなさるのですか」

「話をするのさ。事の次第にくわしそうな奴らと」

六

信長が誓願寺の裏手にまわったのは、その五日後だった。以前に見た屋敷が視界に入ってきたところで、声を張りあげる。

「おい、大鳥逸平はいるか。挨拶に来たぞ」

障子が開いて、かぶき者が飛びだしてきた。数は十人。

最後に出てきたのが、大鳥だった。この間とは異なる朱色の羽織をまとっている。

三月も終わりだというのに、いまだに冬の羽織とは。恐れ入る。

「貴様、よくも来たな」

「おうよ。話があってな」

信長は木戸を開けて、堂々と敷地に入った。

途端にかぶき者が太刀を抜いた。白刃がさながら林のように並び立つ。

大鳥も、大太刀を右手に持っていた。三尺を超える刀身は立派だが、名の通った品でないことは、ひと目でわかった。

「この前は虚仮《こけ》にしやがって。今度こそ始末してやる」

「かまわんぞ。この太刀は、おぬしらごときと戦うためのものではないが、向かってくるのであれば、容赦はしない」

信長が鶴丸国永の柄に手をかけると、かぶき者の一団はさがった。

踏みとどまったのは大鳥だけだ。さすがに頭目と言える。

「なにをしに来た」

「言っただろう。話があると。大事なことだ」

信長は堂々と口上を述べた。

「儂だけではなく、おぬしの生きざまとも深くかかわる。聞きたくないというのならば、それでよいが、そのせいで大きな災いがもたらされよう。そのときは、おぬしが一切合切《いっさいがっさい》の責を負うことになるだろうな。それでもよいのか」

大鳥はしばし信長を見ていたが、やがて顎をしゃくった。

「来い。話を聞こう」

「そうかい」

信長は、大鳥のあとについて屋敷にあがった。奥の座敷に入ると、大鳥が襖を閉める。

窓がないので、室内は暗い。燭台の灯りが互いの顔を照らす。

「ここなら、ふたりきりだ。さあ、話せ」

「さて、どこから話したものか。きちんと話せば長くなるが」

「無駄話は嫌いだ。大事なところだけいい」

「そうか。では……おぬし、殺されるぞ」

「なんだと」

「いいように使われているからな」

信長は身を乗りだした。

「おぬし、儂と揉め事を起こしたこと、上役に話したであろう。世話になっているのだから、当然のことだな。それで、その上役か、さらにはその主君が調べてみると、儂が甲斐屋三左衛門とつながっていることがわかった。そこで策を講じた」

「どういうことだ」

「儂を攻めることで甲斐屋を潰《つぶ》し、その権益をすべて奪おうとしたのよ」

信長は笑った。

「甲斐屋のことは知っているな。その評判も」

「無論だ」

「そう。甲斐国のどこへでも荷を届けることができるし、どこからでも荷を江戸に持ってくることができる。そこに、うまみがあることはわかっていたが、人のつながりが強すぎて、割って入ることができなかった。なんとかしたいと思っていたところに、この騒動が起きた。さて、どうするね」

「…………」

「うまく利用してやろうと思うわな。甲斐屋がおぬしたちと揉めて、お上に目をつけられるようになったら、しめたもの。横から甲斐屋の仕事をかっさらうことができる。そこまでいかずとも、客が甲斐屋を避けるようになれば、自分たちの店に引っ張りこめばいい。おぬしらを煽《あお》ったのは、そういう理由《わけ》よ」

「そういえば言われた……とにかく甲斐屋を追いこめと。理由《わけ》を聞いたが、教えてはくれなかった」

大鳥は顔をゆがめた。

「そこが奴らの狙いよ。甲斐屋が駄目になれば、上役が得する」

「くそっ。俺たちは踊らされていたのかよ」

「それだけではないぞ。騒動が大きくなれば、おぬしらもお上から目をつけられる。さすれば甲斐屋と一緒に、ひっくくることもできよう。江戸の人足を一気に手のうちに入れることができるわけで、一挙両得の大軍略よ」

「汚え。いままで尽くしてやったのに」

「そんなものよ。おぬしが甘いだけだ」

人はそれぞれ自分の都合で生きている。悪党ならば、なおさらだ。油断して隙を見せるのが問題なのである。

「生き残りたければ、己の力で立て。みずから考えて決めて、それに従って動け。向こうが骨までしゃぶるというのなら、こっちも徹底的に使ってやれ。弱味を握り、さんざんに揺さぶって、最後には捨てろ。儂はそうやって生きてきたぞ」

弟を手にかけたときも、桶狭間《おけはざま》の今川《いまがわ》勢に仕掛けたときも、長篠《ながしの》で武田勢に挑んだときも、すべて自分で考えて自分で決めた。

他人の考えの入る余地がなかったからこそ、どのような結果になっても受け入れることができた。

本能寺のときですら、軍勢を率いずに赴いたことは悔いていない。

大鳥はじっと信長を見た。

「あんた、いったい何者だ」

「単なる爺だよ。戦国の世を生き残っただけのな」

「とてもそうは思えねえ。どこぞの大名と話しているような気分になる」

「大名でも、人であることに変わりはない。見て聞いて口を利く。腹をかっさばけば、血と糞があふれだす。それだけのもので、おぬしが勝手にありがたがっているだけだ」

「よく言う」

「それで、どうする。まだ使われるつもりか」

「ごめんだな。使い捨てられるのは、性分に合わねえ」

信長の言葉に、大鳥は笑って応じた。

「舐められて黙っているわけにはいかねえよ。目にものを見せてやる」

「よし。では打って出るか。ひと泡ふかしてやろうぞ」

「なにをするんだ」

「決まっている。合戦よ」

驚く大鳥を見て、信長は高笑いした。

戦国の日々が脳裏をよぎる。

「こうよ。こうでなくてはな」

七

準備が整ったところで、信長は神武組の一党を率いて、神田山の北へ向かった。日射しの強い日で、日中は汗ばむほどだった。日が暮れると、さすがに涼しくなってきたが、南から吹きつける風は湿気を帯びていて、身体を動かすと不快感が残った。湿地を抜けてきたので、なおさらである。

神武組のかぶき者は、露骨に文句を言う者もいたが、信長を含めて十一人は脱落することなく、目的地にたどり着いた。

目の前には武家屋敷がある。

板塀に囲まれた一角は、静寂に包まれていた。人の気配はない。

屋根は板葺きで、板戸や庇には傷ひとつない。門構えも立派で、権勢を振るっていることがよくわかる。

屋敷の主は大久保長安の部下で、水野《みずの》仁左衛門《じんざえもん》という。かつては甲斐国で代官を務めていたが、不祥事を起こして罷免《ひめん》された。そこを長安に拾われ、甲斐の内情を探ることを命じられた。大鳥逸平と大久保長安を結ぶつなぎ役でもあり、騒動の核心を握る人物と言っていい。

「では、やるか。ほれ、取り囲め」

信長が指示を出すと、大鳥は顔をゆがめた。

「本当にやるのか。大変なことになるのではないか」

声に力がない。怯《ひる》んでいるのがはっきりわかって、信長は思わず笑ってしまった。

「怖れてどうする。これは合戦だぞ」

「だが、ここまで大仕掛けになるとは」

大鳥は振り向いた。視線の先では、かぶき者が火をつけたところだった。

「火矢を使うとは思わなかった」

「やらねば、こちらがやられるぞ」

信長はいっこうに気にしなかった。

「水野家には家臣もいる。戦国の世をくぐり抜けた手練《てだれ》で、正面からやりあうことになれば、儂らが傷つく。まずは相手の意地を砕《くだ》くことが大事であろうが」

仁左衛門は、かつて家康に従って、小牧長久手《こまきながくて》の戦いに参加した。手柄はなかったが、敵勢を防いでよく戦ったらしい。合戦がいかなるものか心得ているはずで、機先を制することがなによりも大事だった。

「屋敷はきれいさっぱり焼いてやる」

「だが、火が燃え広がるようなことになったら、江戸は丸焼けだ」

「今日の風は南、そのようなことにはならぬよ」

なったら、そのときはそのとき……という言葉を信長は呑みこんだ。

信長は伊勢長島をはじめ、いくつもの町を焼いており、ここでひとつぐらい増えたところで、どうということはない。

信長の脳裏《のうり》を合戦の思い出が駆けめぐる。

家の焼ける匂い。飛び散る血潮《ちしお》。命乞《いのちご》いのわめき声。

すべてが穢《けが》らわしくて、なんとも言えず心地よかった。

「合図したら、矢を放て」

大鳥はうなずいた。その顔には不安がある。初陣《ういじん》の武者ならば、こんなものだろう。

かぶき者が散って、陣形を整えたところで、信長は手を振った。

五本の火矢が舞う。ついで五本。さらに三本。

矢は武家屋敷の雨戸に刺さり、火はたちまち広がる。

異様な気配を感じとって、家人が飛びだしてきた。火を消せという声があがる。

「いまだ。声をあげろ。押せ」

大鳥逸平が先頭に立って、声を張りあげた。かぶき者がそれに続く。

彼らはひとつの塊《かたまり》となって、板壁を越えて、屋敷に飛びこんだ。

「攻めろ、攻めろ、攻めろ」

声があがり、剣戟《けんげき》の音色が響く。

信長はあえてそれには加わらず、悠々《ゆうゆう》と表門にまわった。手筈どおり、門は内側から開いており、労力を使うことなく敷地に入ることができた。

せまい庭では、敵味方が入り乱れて戦っていた。刀を振るうたびに、血飛沫があがる。

かぶき者が水野の家臣に挑み、その腕を斬り裂いたと思えば、武士が大刀を振るい、荒くれ者の脇腹を深くえぐる。

大鳥逸平は、ふたりを相手に大刀を振るっていた。

羽織は胸元が切り裂かれ、袖も破れていたが、後退せずに踏みとどまっている。

それでいい。合戦とはそういうものだ。生きるか死ぬか、極限に追いこまれたときにこそ、人の本質が出る。

美しくもなんともないが、だからこそ、人の目を惹く。

大鳥は逃げることなく、仲間を守りながら戦っていた。初陣で己の役目を果たしているのだから、たいしたものであろう。

「やれ。殺せ」

その言葉に煽《あお》られ、大鳥が挑む。

血風が舞いあがり、ふたりが倒れる。

信長は鶴丸国永を引き抜くと、迫ってきた足軽の腕を斬り飛ばした。ついで、もうひとりの足を軽く斬り裂く。

視界の先では、小袖姿の侍が指示を出していた。目は血走っている。

「おぬしが、水野仁左衛門か」

侍が顔を向けた。四十代後半といったところだろう。

顔は丸く、腹も大きく出ている。刀を持つ腕には無駄な力が入っており、戦いに慣れていないことがわかる。

「なんだ、おまえは」

「おぬしがいたぶっていた爺だよ」

信長は笑った。

「いろいろとやってくれたな。放っておいてもよかったのだが、あまり人さまに迷惑をかけるのはな。だから、落とし前をつけさせてもらった」

「馬鹿な。こんなことまでして。いったいなんのつもりだ」

水野が顔をゆがめるのを見て、信長は鼻を鳴らした。馬鹿は言わねば、わからぬか。

「やられたらやり返す。それはあたりまえのことであろう。弱い者いじめをして喜んでいたのであろうが、悪かったたな、思いきり攻めたてて」

「こんなことをしたら、どうなるか。いまは戦国の世ではない」

「まだつながっているよ。儂にとってはな」

関ヶ原の戦いが終わってから、わずか六年。戦国の残り火はまだ残っている。木《こ》っ端《ぱ》役人が世の中は落ち着いたと考えるのは勝手だが、それは単なる思いこみでしかない。

「死ぬは一定《いちじょう》、ひとたび生まれて滅するもののあるべきか」

自分は死ぬべきところで死なななかった。本能寺での死こそ、あるべき姿だったのに、無様に生き延びて、恥をさらしている。

だったら、好きに生きようではないか。

いまさら先のことを考えても致し方ない。

残り少ない人生、人の顔色をうかがっていても阿呆らしいだけだ。

水野の顔は真っ赤になった。唸り声をあげながら、信長との間合いを詰める。

距離が三間になったところで、水野は刀を振りあげ、走りだした。殺気が高まる。

信長もみずから前を詰めて、太刀を構える。

思いのほか鋭い一撃をかわすと、信長は腹を軽く斬る。

悲鳴をあげて、水野は前のめりに倒れる。

ふと、そこで視線を転じると、大鳥が三人の敵に囲まれていた。反撃に出ているが、刀に脂がのっていて、うまく斬れないようだ。

信長は駆け寄ると、敵の腕を斬り飛ばした。足を止めることなく、ふたり目の髷と耳を払う。

ちょうど三人目が大鳥に向かってきたので、信長は彼に国永を放り投げた。

「使え」

大鳥は宙で国永を受け取ると、すれ違いざまに三人目の胴を斬り裂いた。

血飛沫をあげて、男は倒れた。

驚きの目で、大鳥は国永を見つめた。

「なんだ、この太刀は。異様に斬れる」

「なまくらを使っているからだ。指物《さしもの》ぐらい整えろ」

大鳥は信長を見た。

「おぬし、いったい何者だ」

「ただの爺だと言っただろう。ちょっと戦に慣れただけのな」

信長は国永を受け取ると、大鳥に背を向けて、燃えさかる屋敷を見つめた。

合戦は終わった。あとは始末をつけるだけだった。

八

信長は、於玉ヶ池のほとりにある茶店に立ち寄った。

珍しく縁台があって、腰かけて休むことができる。茶店の亭主は老人で、略式であるが、きちんと茶を点てて、客をもてなす。お代は高かったが、その価値はあった。

信長は茶をすする。落ち着いた時間を楽しめるのは、ひさしぶりだった。

件《くだん》の喧嘩からはじまった騒動は、ようやく決着がつこうとしていた。

水野家への討ち入りは、江戸で噂になった。朝になったら屋敷は焼け落ち、死体が転がっているのだから、当然のことだろう。幕府も動いて下手人捜しがおこなわれ、信長の周辺でも小役人が動いた。

それでも、調べは早くに終わった。水野が不正に蓄財していることがあきらかになり、そちらの責任を問う声が大きくなったのである。

幕府の要人とのつながりも判明して、将軍秀忠が配下にくわしく調べるように命じたと聞く。

当初、水野は生きていたが、本格的な調べがはじまる前に、切腹して果てた。大鳥逸平はかろうじて罪を逃《のが》れたようで、今日は祝杯をあげていた。信長も付き合わされて、ようやく出てきたところだった。

茶を飲み終えたところで、信長は声をかけた。

「そこの侍、そろそろ来い。待つのは疲れた」

背後で、濃緑の小袖に茶の袴を身につけた侍が立ちあがった。

面長《おもなが》で、彫りの深い顔立ちだった。髷は茶筅。身体は細く、痩せすぎの印象すらある。それなりの身分であることはわかるが、不穏な空気が単なる役人ではないことを示していた。

「大久保石見守《いわみのかみ》長安だな」

「儂を知っておるのか」

「話は聞いていたよ」

信長は茶碗を振った。

「武田家に仕えていて、いまは大御所家康の近くで、鉱山の差配をまかされているよ。戦で成りあがった武家ではないからな。やさぐれた顔をしていると思った」

「言ってくれる」

長安は信長の隣に腰かけた。視線を合わせることはなく、前を見ている。

「先だっては、儂の部下が世話になったな。まさか焼き討ちまでかけるとは思わなかったので、あわてたわ。揉み消すのに手間がかかった」

「よく言う。端から、嚙みあわせるのがねらいだったくせに」

信長は茶碗を脇によけた。彼もまた視線を長安に向けない。

四月のやわらかい風が、於玉ヶ池から吹きあげてくる。水の香りが心地よい。

魚が跳ねて、百舌鳥《もず》が水辺で鳴き声をあげる。

「あの水野仁左衛門、なにかと面倒な男だったのだろう。おぬしの配下にいながら、他の武家と組んで、財を貯めこんでいた。それだけならばまだしも、おぬしが束ねる裏のつながりに手を出して、手のうちにおさめようとしていた。甲斐屋にちょっかいをかけたのが、その証よ」

「…………」

「甲斐にはおぬしと馴染みの者も多く、いろいろと知られては困ることもある。探られれば面倒だったので、早々に潰さねばならなかった。そこで、町のかぶき者に目をつけた。うまく騒動さえ起こしてくれれば、そこにつけこんで処罰できる。駄目でも、水野の動きをおさえることはできよう。大鳥は、端から捨て駒だったわけだ」

長安はなにも言わない。ただ正面を見ているだけだ。

「狙いどおり、水野は切腹したが、大鳥までは手がまわらなかった。あそこまで派手にやるとは思わず、手を打つのが遅れたからだ」

「まさか、夜討ちをかけるとは思わなかった。せいぜい、日中に襲いかかるぐらいかと」

「やるなら派手にいかんとな。それに気づかぬおぬしは、合戦慣れしていないということだ」

はじめて長安の表情が動いた。頬が震えて、目がきゅっと細くなる。

大久保長安は、家康の配下にあって、栄華を極めている。地方に赴く際は、五十人を超える供を連れていき、わざわざ宿場に仮の陣屋を作らせるとも聞いた。天下に並び立つ者がいない大物だが、やはり腹が立つときには立つのか。

人であることには変わりがないと思うと、信長はおかしくなった。

「見逃すのは今回だけだ。次に刃向かったら、容赦なく、その首いただく」

「おうよ。取れるものなら、取ってみろ」

「おぬしは何者なのだ」

ようやく長安が信長を見た。

「素性がまるでわからぬ。探ってもなにも出てこない。しかたがないのでまわりをつつこうとしたら、邪魔をされた。どういうことだ」

「爺にかまうな。そこまで暇ではあるまい」

信長は立ちあがった。

「そろそろ行かんとな」

「なにかあるのか」

「気づかれるころだ」

信長が顔を向けると、池の北側から大鳥逸平とその仲間が姿を見せた。その顔は、いずれも真っ赤だ。

「おい、爺。またいかさまやりやがって。双六で正々堂々と勝負すると言ったくせに。賽子がこの前のと同じじゃねえか」

「気づかぬのが間抜けなのだ。金は返さぬ。というか、もう使ってしまった」

信長は駆けだした。

そのあとを、大鳥が声をあげて追いかけてくる。

と、笑い声があがる。振り向くと、長安が縁台に座ったまま大笑していた。

信長も口元に笑みを浮かべながら逃げる。

頭上で鳶《とんび》が大きく旋回する。春の太陽は雲の陰に隠れて、姿はぼやけてしまったが、なおも温かい光を大地に向かって放っていた。

第二話　因　縁

一

京橋にほど近い蠟燭町の一角に、みはしという飯屋がある。間口は二間で、奥もたいして広くはない。屋号は人の名前からつけたとも、奈良の地名から取ったとも言われているが、はっきりしない。

わかっているのは安くて、うまい飯を腹いっぱい食わせてくれるということだ。近所の人夫には大好評で朝の書き入れ時には入れ替わり立ち替わりに客が訪れ、食事を受け取ると、その場で立ったまま食べて仕事に行くというありさまだった。

四月もなかばを過ぎ、江戸城の普請も佳境を迎えている。昨日は黒田家の当主である黒田長政《ながまさ》がみずから担当区域に足を運び、奉行に指示を出していた。

豊前中津《ぶぜんなかつ》の細川忠興《ただおき》や播磨《はりま》姫路《ひめじ》の池田照政《てるまさ》も江戸に入って、普請の差配を振るっている。

大名の意欲が高まるのにあわせて、人夫は朝から夜まで働かされた。休む間もなく、仕事が終わって食事を取ればあとは寝るだけの日々だ。

そんな彼らにみはしは貴重な店だった。

ただ、荒っぽい人夫が集まるだけに、争いも絶えない。その日も、互いの肩がぶつかったというだけで、喧嘩がはじまっていた。

信長が姿を見せたときには、屋根葺きと人夫の集団が睨《にら》みあって、いつ殴りあってもおかしくない状態だった。

「よさぬか。朝から争ってどうする。飯がまずくなる」

信長は穏当に口をはさんだ。きっかけとなったふたりに話を聞いて、たいしたことがないと知ると、笑い話にして和解に持ちこんだ。

それでもふたりは納得していなかったが、三日分の朝飯をおごると信長が約束すると、笑って互いの肩を叩いた。

その光景を見て、屋根葺きの一党は信長に礼を言って、店を去っていった。頭領とは三左衛門を通じての知りあいであり、つまらぬ争いが起きずに済んで、安心したようだ。

ようやく事がおさまったところで、信長が飯を注文すると、奥に控えていた恰幅《かっぷく》のある女が姿を見せた。桃色の小袖に縄帯で、髪は結んでさげている。丸顔で、お世辞にも整った顔立ちとは言えないが、笑う姿には愛嬌があった。

「すまなかったね。喧嘩をおさめてもらって」

おとみは腰に手をあてて、信長を見た。

「もう少し騒ぎが大きくなったら、あたしが出ようと思ったんだけどね」

「みはしのおとみが出てきたとなれば、いろいろと面倒なことになる。引っこんでいてよかったさ」

「ぬかせ」

おとみは豪快に笑った。

荒くれ者が多い江戸では、女が飯屋の主をまかされることはほとんどない。舐められて、飯代をごまかされることが多いからだ。

文句をつければ殴られるので、なかなか強気にも出られない。喧嘩になれば仲裁に入るのも難しい。

そのなかでおとみは、女主人として、きっちり仕事をしていた。人夫に睨まれても怯《ひる》まず、言うべきことはきっちり言う。殴られれば殴り返すこともある。

そのことを信長が言うと、おとみは平然と返した。

「あたりまえだよ。黙っていたら、舐められるだけだからね。この店を荒らす奴は許さないさ」

「儂もやられそうになった」

「そりゃそうだよ。はじめて来た日に、さんざん暴れてさ。忘れちゃいないからね、茶碗を五つも壊されたこと」

「あまりいじめるな」

信長がはじめてみはしに来たのは、竹町のねぐらが決まった直後で、とにかく腹が空いていた。そんなときに、改易《かいえき》になったばかりの小早川《こばやかわ》家の浪人が文句を垂れてからんできたので、蹴飛ばしてやったのである。

すぐに喧嘩になって、おとみが仲裁に入るまで、さんざんに殴り飛ばした。

「気持ちはよかったがな。ふてくされている侍を見ると、腹が立つ」

「派手にやってくれたよね。まあ、おかげでやりやすくなったけれど」

「そう思うなら、もう少し飯代を負けろ」

「それとこれとは別だよ。せいぜい、腹をいっぱいにしておくれ」

おとみは、そこで左右を見まわした。わずかに表情が曇る。

「いや、今日から新しい人が来るんだよ。そろそろ手が足りなくなってきたからね。あたしもいろいろとつらいし」

「そんな年でもないだろう」

「女はいろいろと面倒なんだよ。困ったね、変な男にからまれていないといいんだけど」

「どうした？」

おとみは店を出て、京橋方面に向かった。

信長は飯を掻きこむと、金を払って店を出て、江戸城の外堀に足を向ける。

江戸城の普請は順調に進んでいて、京橋川と紅葉川にはさまれた区画では石垣の積みあげがおこなわれていた。京橋川と外堀がつながる箇所では、人夫がさかんに泥をさらっていて、水の流れを整えている。

内堀の作事はほとんど終わっていて、最後の点検をおこなっていると、先だって光秀は語っていた。

六月で普請は一段落を迎える予定であったが、この調子なら、かなり早く終わるのではないか。

作業が順調だったのは、大名が本気で普請にかかわったからだ。

今治《いまばり》の藤堂高虎《たかとら》、豊前小倉の細川忠興、加賀金沢の前田利長《としなが》、肥後熊本の加藤清正《きよまさ》、備後《びんご》広島の福島正則《まさのり》と数えあげれば切りがない。戦国の世を生き残った大名がこぞって家康の命令を受け、江戸城の工事に手を貸した。

多大な資金を供出し、人と物資を出し、みずから陣頭指揮を執って、普請を成功させようと願ったのは、ひとえに家康を天下人と認め、その機嫌を取るためだ。

関ヶ原の敗北で、多くの名家が改易を余儀なくされたし、生き残ったとしても、毛利《もうり》や上杉《うえすぎ》のように所領が大きく削られた家も出た。豊臣家も多くの蔵入地《くらいりち》を失い、徳川家との勢力が逆転していた。

日の本の行く末は決した。ならば、生き残るため、強者に屈するのは当然だ。

かつて、信長が安土城を築いたときも、多くの武家が普請に携《たずさ》わった。織田家がこの先、天下だけでなく、日の本をまとめていくと睨んでのことだ。

結果としてその判断は早すぎたわけだが、強者を見極めて、その意に従うことは昔もいまも変わらない。

信長は外堀の普請を見て、徳川の世が長く続くことを感じとった。

同時に、家康の卑屈とも言っていい本性のことも思い浮かべていた。何度となく会い、話をしたが、苦労人ゆえの劣等感はいつまでも消えることはなく、彼の人生を大きくゆがめていた。

信長は、進歩した築城術を確かめたところで、堀に沿って呉服橋に向かった。

その足が止まったのは、鍛冶町の先に出たときである。

目の前に女の童《わらべ》が立っていた。十歳ぐらいであろうか。

背は小さく、手足も細い。髪は無造作にまとめられているだけだったし、着ている桃色の小袖《こそで》も袖や裾《すそ》にほつれが目立った。

顔立ちは整っていたが、頬の汚れのおかげで台無しになっていた。

童の視線は、目の前の侍に向いていた。灰色の袴《はかま》に茶の小袖という格好で、同僚と話をしている。

どこかの家中の者であるだろうが、はっきりしたことはわからない。ただ、なごやかに見せて、どこか荒々しい顔立ちから、合戦を経験していることは想像がついた。

童の視線は、男から離れなかった。

その懐《ふところ》に手が入った瞬間、殺気が急に高まった。自然と信長は動いていた。

「やめよ」

信長は娘の前に立った。

娘は目をつりあげ、駆けだす。その肩を信長がつかむ。

「やめよと言っている。殺されたいのか」

「いい」

「懐にあるものを出せば、斬り殺される。相手は容赦しない」

娘は、目を丸くしたが、それでも動きは止まらなかった。

「かまわない」

娘は言いきる。

「死んでも、父ちゃんと母ちゃんのところへ行くだけだ」

「おぬし……」

「おみち！」

声がしたと思ったら、背の高い女が駆け寄ってきて、あっという間に娘を抱きしめ、信長から引き離した。

「やめてください。この子をどうするつもりですか」

女が信長を睨みつけた。

「子ども相手に……」

「どうもしない。ただ、無茶《むちゃ》な敵討《かたきう》ちをやめさせようと思っただけだ」

「えっ」

「殺気のこもった目で、侍を見ていた。怨みがあること見てとれるわ」

娘の手は、懐に入ったままだった。懐に短刀があることは、ひと目でわかる。

信長が止めなければ、そのまま突き刺しに向かったであろう。

狙われているとわかれば、侍も容赦しまい。おそらく、斬り殺されていた。

娘は抱きしめられたまま動かずにいる。女はうつむいた。

「身内の者なら、無茶をさせるな。命は大事にな」

「は、はい。申しわけ……」

女はそこで顔をあげて、信長を見た。その顔がたちまち強張《こわば》る。

瞳は大きく開かれ、口の動きも止まった。呼吸すら忘れたかのようで、身体はまったく動かない。

「どうした。なにかあったのか」

信長はわざと笑った。

「昔、惚れた男の顔でも思いだしたか。だとしたら、ありがたいが」

娘はうつむいた。ようやく呪縛《じゅばく》が解けたようで、肩が上下している。

ふたたびその顔があがるまで、たいして時はかからなかった。

二

話があると言われて、信長は女と娘のあとについて、京橋方面に向かった。

到着した先は、なんとみはしだった。女はおとよの知りあいで、今日から店に来ることになっていた。

遅れたことを詫びると、女は娘を連れて、店の片隅に寄った。ちょうど、そこに茶漬けが出てきて、娘は夢中で食べはじめた。

「あやと申します。さきほどは失礼しました」

若い女は頭をさげた。その所作は丁寧《ていねい》で、無駄がない。

「この子はみち。佐原町で、あたしと一緒に暮らしています」

「娘か。かわいいな」

「血はつながっていません」

おみちと出会ったのは小田原の外れで、腹を空かして座りこんでいるところに声をかけたと語った。握り飯を食べさせて家に帰るように言ったが、おみちは首を振り、黙っておあやについてきた。

「親兄弟はいなかったので、私が引き取りました」

「そのまま江戸に連れてきたのか。殊勝《しゅしょう》なことだ」

「私もひとりぼっちだったので」

おあやは近江の生まれで、子どものころに甲斐に移り住んだと語った。

その後、駿河《するが》、相模と住処を変え、三年前に江戸に入った。親兄弟は二十年以上前に亡くなり、ずっとひとりで暮らしてきたようだ。

甲斐というところに引っかかりを覚えたが、信長はあえて触れなかった。

「小伝馬町《こでんまちょう》の宿屋で働いていたんですが、うまくいかなくて。そこで、おとみさんに声をかけてもらって、こちらに移ることに決めたんです」

「気立てがよくて、よく働くからね。こんな子、放っておくのはもったいない」

おとよの声が店の奥から響いて、おあやは笑った。

信長はおみちを横目で見た。食事は終わっていて、いまは店に入ってくる職人たちに瞳を向けている。先刻までの殺気はなく、表情も穏やかだ。

こうしていると、ただの子どものようにしか見えない。

「年はいくつだ」

「十歳です。おみちの言うことが正しければ」

「懐に入っているのは、親の形見《かたみ》か」

「はい。肌身離さず持っております。取りあげようとしても駄目でした」

「十歳の子どもが、強い殺気を放って武家を睨む。ただ事ではない。いったい、なにを考えてのことなのか」

信長はおあやに顔を向ける。

「理由《わけ》はわかっているのか」

「はい」

「敵討ちだな」

おあやはうなずいた。

「どういうわけだ」

問われて、ためらいながらも、おあやは、おみちの身の上について語りはじめた。

おみちは美濃大垣《おおがき》の生まれで、両親は大垣の郊外で農民をしていた。暮らしは穏やかで、両親に慈《いつく》しまれて健《すこ》やかに育ったが、六年前にすべてが変わった。

「関ヶ原の戦いか」

「惨《むご》い戦いだったようです」

慶長五年（一六〇〇）、美濃国関ヶ原で、十八万の軍勢が激突した。

激しい戦いで家康が勝利し、天下の覇権を握《にぎ》った。

「戦は一日で済みましたが、その後、落ち武者狩りがあって、それに罪のない農民がたくさん巻きこまれました」

「おみちもそのひとりか」

足軽が農民に手をかけるのは珍しいことではない。手柄を求めてのことで、男も女も狙われる。首を加工して武士であるかのように仕立てることもあり、吟味《ぎんみ》役《やく》が見抜けないこともある。

関ヶ原は天下分け目の戦いであり、落ち武者狩りはしつこく続けられた。

「そのとき、おみちは両親を失いました。ひどい話です。その後、親戚に引き取られましたが、一年もしないうちに人買いに売り飛ばしたようです。まだ五歳でした」

「であるか」

「人買いは、供を何人も連れて、東海道を旅していました。江戸で売るためだったのでしょう。ただ、途中で仲間割れがあって、頭領が手下に始末されて、子どもたちも半分が殺されたようです。おみちはなんとか逃げだしたのですが、ひとりではどうにもならず、小田原の先でうずくまっていました」

「そこにおぬしが通りかかって、助けたのか」

「それから、ずっと一緒にいます」

おあやは、おみちを見つめた。その表情は硬い。

「この子、出会ったときから無口です。はじめはなにを訊いても、首を縦に振るか、横に振るかで、いっさい口を利こうとしませんでした。返事をするまで三月《みつき》。身の上を語ったのは、それから一年後でした」

「………」

「いまでも夜に、突然、声を張りあげることがあります。両親が殺されたときのことを、思いだすようです」

「惨い話だ」

「落ち着いてきたと思ったのに、まさか、敵《かたき》と出会うなんて」

「あの連中がそうか」

「はい。黒田家の侍です」

黒田家は播磨土着の武家で、現在は筑前福岡《ちくぜんふくおか》五十二万石を版図とする大名だ。先代の黒田官兵衛《かんべえ》が、秀吉の側近として活躍して、その基盤を築いた。

現在の当主は息子の黒田筑前守《ちくぜんのかみ》長政。信長とも深い因縁がある。おみちの敵もそのうちのひとりで、黒田家は城普請のため、家臣を江戸に数多く送りこんでいる。おみちの敵もそのうちのひとりで、本来なら会うことはなかったであろうに、数奇な運命がふたりを引き寄せてしまった。

「おみちは顔をはっきりと覚えていました。六年も経っているのに」

おあやは顔をゆがめた。

「それ以来、おかしくなってしまって。それまでは家にこもり気味だったのに、勝手に出歩くようになったんです。今日も連れて出たのですが、途中ではぐれてしまって、気がついたら、あんなところまで行っていました。もう少しで大変なことになるところでした」

「親の敵を討つとは。殊勝ではないか」

「馬鹿なことを言わないでください」

からかうような口調に、おあやは目尻をつりあげて応じた。

「こんな子どもが仕掛けていっても、勝てるはずがないでしょう。下手をすれば、斬り殺されます」

「確実に殺《や》られるだろう。自分が狙われているのだからな」

戦国の世を生き延びた侍は、殺伐としている。江戸で辻斬りが絶えないのはその証しで、子どもといえども、斬りかかってくれば容赦しない。

「止めてくれたことには礼を申します。ありがとうございました」

「この先はどうする」

「放っておきます。普請が終われば、奴らは帰ります。顔を見なくなれば、いずれ忘れるでしょう」

「それで、無念が晴れるのか」

信長はおみちを見つめる。

「この娘は、一生、親の敵を討てなかったという重荷《おもに》を背負って生きていくことになるぞ。それでいいのか」

「わかっていますよ。よくないことぐらい」

おあやは口元を引きしめて、信長を睨んだ。

顔には怒りがある。はじめてあらわにする強い感情で、信長は気になって、軽く目を細めた。

「でも、侍相手に勝てるわけがない。ようやく生き延びたのに、返り討ちにあってどうするんですか。どうにもならないことは、この世の中はいっぱいあるんですよ」

「であるか」

「弱い者は、黙って耐え忍ぶしかないんです。つまらない話はしないでください。さあ、おみち、行くよ」

おあやは手を伸ばしたが、おみちはさっとかわして、信長の身体にしがみついた。

「おやおや、ずいぶんと懐《なつ》かれたものだ」

「駄目だよ。おみち、おいで」

おあやは手を伸ばしてきたが、おみちは激しく首を振って、信長から離れなかった。

着物をつかむ手には、意外なほど力がこもっている。

信長は笑って、さりげなくおみちの手を離した。

「娘に好かれるのは嬉しい話だが、世話になっている者を困らせるな。ほら、今日のところはここまでにしておけ」

信長は、おみちの手をおあやにあずけた。

「ほら、連れて帰れ」

「……ずいぶんと優しいのですね。あれだけのことをしておいて」

「なにか言ったか」

「いいえ」

頭をさげるおあやを、信長は無言で見送った。

おみちは、みはしを離れて、角を曲がるまでの間、強い視線を送っていた。それは、ただの娘のものではなく、信長に強い印象を残していた。

三

翌日も、信長は鍛冶町に出向いた。

外堀の普請は続いていて、奉行とおぼしき武士がさかんに指図をしていた。昨日、おみちが狙っていた黒田家の侍もおり、同僚と何事か話をしていた。

侍の表情は明るかった。普請の緊張感を味わいながらも、江戸暮らしを楽しんでいるように見受けられる。

信長は彼らに背を向けると、佐原町に向かった。

おみちのことが気になったからだ。黒い瞳の輝きは脳裏に残っており、無視するには印象が強すぎた。

おあやの住処を探すまで、たいして手間はかからなかった。女のふたり暮らしは江戸では珍しく、近所の者に話を聞いたら、すぐに教えてくれた。

裏長屋に入ると、すぐにつっかえ棒をした戸口が目に入った。おあやの部屋だ。

「なるほど、こうすれば、外には出られぬな」

信長はつっかえ棒を外してから、戸を叩いた。

すぐに、戸が開いて、おみちが姿を見せた。昨日と同じで、無表情だ。

「おう。来たぞ。この様子だと、家に閉じこめられていたようだな。つらかったか」

おみちは首を振った。表情に変化はない。

「せっかくだから、俺と一緒に町を歩こう。今日は日本橋の南詰で、辻舞《つじまい》がある。見にいかないか」

またも、おみちは首を振った。おあやに遠慮しているのか、それともほかに理由があるのか。信長は思いきって踏みこんだ。

「堀を見にいくのもよいぞ。また出会えるかもしれぬ。あの侍と」

そのひとことで、おみちの表情は劇的に変わった。目がつりあがり、口が引きしまる。手に力がこもって、引き戸がわずかに揺れる。

強い感情が全身を支配する。これまでとは別人だ。

「行くか」

おみちはうなずくと、長屋から出て、信長の手を取った。

黒田家の侍は、先刻と同じ場所、鍛冶町に近い普請場にいた。

ただ、表情は先刻とは異なり、大きくゆがんでいた。不祥事があったらしく、足軽を叱りつけていた。

その情景を見て、おみちが懐に手を入れたが、すぐに信長がおさえる。

「よせ。昨日も言ったとおりだ。いま動いてもどうにもならぬ」

おみちは、信長を睨みつけた。奥歯を嚙みしめて、顔がゆがむ。

凄《すさ》まじい熱量だ。そこまで、怨みを抱いているのか。

「誰もやるなとは言っておらぬ」

信長は諭《さと》した。

「まずは、相手のことをよく知るのだ。唐《から》の軍師も言っておる。敵を知り、己を知れば、百戦して危うからずとな。勝ちたければ、見誤るな」

おみちは、なおも信長を見ていたが、やがて敵《かたき》の侍に視線を転じた。

いくらか冷静さを取り戻したようだ。無言で、侍の動きを見つめる。

足軽を叱りつけたあとで、黒田家の侍は普請の具合を見るため、道へ出た。

そこに、町民が走ってきて、衝突しかけた。きわどいところでかわしたものの、泥が跳ねて、裾についた。

途端に侍が文句をつけ、町民は怯《おび》えてさがった。周囲の人夫が様子をうかがうが、声をかける者はいない。

「無礼者。侍相手になにをするか」

侍は居丈高《いたけだか》に罵《ののし》った。顔は真っ赤だ。

両膝をついて詫びる町民を見て、信長は足元の石をつかんで放り投げた。狙いは違《たが》わず、石は頭に当たった。

「なんのつもりだ」

「そのあたりにしておくのがよかろう。詫びは入れているのだから、これ以上、責めても致し方あるまい」

「なんだと」

侍は信長を睨んだ。二十代後半の若者で、紺色の小袖に灰色の袴という格好である。太刀も脇差も長く、戦場で振るっていたことが見てとれる。

顔立ちは整っていたが、怒りでゆがんでいて、出来損《できそこ》ないの狐《きつね》のようである。

「俺は筑前黒田家家中、三宅久右衛門《みやけきゅうえもん》。町民に舐められたとあっては、主君に申しわけが立たぬ」

「弱い者いじめをしていて、よく言う」

信長は鼻を鳴らした。

「それで、どうするつもりなのだ。この場で手討ちか」

「この者がどう申し開きをするか、それで決める」

「おぬしは馬鹿か。そんなことをしたら、普請が立ちゆかなくなるぞ」

信長は周囲を見まわした。

「なるほど、おぬしは黒田家の侍であろうよ。普請はうまく進んでいて、期日にはなんとか仕上げることできそうだ。だがな、江戸には、作事にかかわる人間が諸国から流れこんできている。左官、大工、数えあげれば切りがない。そのうちのひとりがたかが泥を跳ねとばしたぐらいで、首を刎《は》ねられたとなれば、そやつらが黙っておらぬぞ。まあ、そのあたりにもいるがな」

三宅が驚いて周囲を見まわすと、人夫の集団が彼を見ていた。殺気や怒りはない。ただ見ているだけだが、それがかえって圧力を感じさせた。

「ここは江戸なのだ。国許とは違うことを覚えておくがいい」

「ふざけるな。こんなことで退《ひ》けるか」

そこで、別の侍が声をかけた。真っ青な顔で、普請に差し障《さわ》りが出たら大変であろうと語りかける。三宅はゆがめた顔をそむけた。

それを見て、信長が合図すると、町民は一礼してその場を立ち去った。

「二度はないぞ。爺」

「けっこうだ。儂もこれ以上、馬鹿とかかわるつもりはないな」

怒りをあらわにする三宅に、信長はさらに声をかける。

「ああ、別れる前に訊いておきたい。おぬし、合戦に出たことはあるか」

三宅は信長を睨みつけて応じた。

「ああ、あるとも。関ヶ原でな。石田勢を相手に首も獲った。侍首だ」

「ほう。それはすごい。いきなり、手柄を立てるとは。もっとも、それが本物だったらの話であるが」

「どういうことだ」

「落ち武者狩りで獲った首ならば、たいしたことはないと言いたいのよ。怪我をしていたり、戦う気をなくしていたりすることもあるからな。もっと言うなら、そこいらの農民を捕まえて、首を仕立てることもできる」

「そんなことはせぬ。首はちゃんと獲った」

「そうかい。ならば、もう少し声を落とせ。嘘をついていると思われるぞ」

三宅が口をはさむよりも早く、信長はさらに先を続けた。

「もうひとつ、訊きたいことがある。この娘だ。おぬし、この娘にどこかで会っていないか」

信長は、おみちの腕をつかんで、前に引っ張った。

三宅の瞳が、娘の顔に向けられる。おみちも正面から相手を見つめる。双方の視線はからみあったまま動かない。

「知らぬな。見たこともない」

「本当か」

「ない。こんな町娘、はじめて見るわ」

おみちが唸って前に出る。信長が壁となって防ぐが、なおも唸って、三宅に歩み寄ろうとする。

「それは、すまなかった。悪かったな、足を止めさせて」

信長が去るようにうながすと、三宅は顔をゆがめたまま、同僚をともなって、騒動の場を離れた。野次馬も消えて、周囲は静寂に包まれる。

おみちが三宅を追いかけようとしたので、信長は襟《えり》をつかんで引き戻した。

「こら、暴れるな。いま行ったところで、どうにもならん」

信長はおみちを引きずって、鍛冶町の裏道へ引っ張りこんだ。

「いいか、あいつは、おぬしのことを覚えていないと言った。それは本当のことだ。首を刈った相手ならばともかく、その娘まで気をかけてはいない。だから、いまおぬしが仕掛けても意味はない。駄目だ」

おみちが丸い目で見あげてきたので、信長は笑った。

「大丈夫だ。忘れているのなら、思いださせてやればよい。手はある」

どうするのと問いたげなおみちに、信長は頭を撫でて応じた。

「決まっている。嫌がらせをするのよ」

その日から、信長は宣言どおり、三宅への嫌がらせを敢行した。

まずはみずから、三宅が関ヶ原で悪さをしたという噂をばらまき、農民の首を獲って喜ぶ卑怯者だと言いふらした。

そのあとで、先だって怒鳴られていた足軽とも話をつけ、黒田家の家中で、三宅の悪口をひたすら広めた。

大鳥逸平にも声をかけて、武家奉公人の間で、三宅が無能であるという話を広げてもらった。

実際は、以前、大鳥は黒田家と揉めたことがあったが、そのときの相手は、偶然にも三宅とその仲間たちであった。いまでも大鳥は三宅を恨んでいるらしく、嬉々《きき》として嫌がらせを手伝った。

「気持ちいいぜ」

「まったくだ」

大鳥は笑い、信長も同じく笑みを浮かべる。

人が嫌がることをやるのは、本当に気持ちいい。

相手が嫌な奴なら、なおさらだ。

三宅に対する悪評が確実に広まったところで、信長は次の手を打った。

四

信長が速歩で上屋敷の表門に達したとき、三宅久右衛門が角を曲がって姿を見せた。

三宅はしきりに左右を見まわし、顔をゆがめている。舌打ちする声も響く。

同僚が宥《なだ》めても、苛立《いらだ》たしげに首を振り、その手を払った。柄を荒々しく叩く仕草にも怒りを感じる。

こらえているのがわかる。ざまを見ろ、と言いたい。

信長が大木に身を隠すと、それを待っていたかのようにおみちが姿を見せた。

細い道を駆け抜けて、三宅の行く手を遮《さえぎ》る。

それを見て、三宅が声を荒らげた。手が柄にかかるが、あわてて同僚が取りおさえる。

「また、おぬしか。いったい、なんのつもりで……」

「この卑怯者！」

おみちは叫んだ。普段とはまるで異なる力強さがある。

「よくも父ちゃんと母ちゃんを殺したな。よくも首を獲ったな」

「だから、知らぬと申しておる。言いがかりもたいがいにしろ」

「あたしは見た。嫌がる母ちゃんを刀で突き刺して、そのあとで、父ちゃんを斬り殺した。すぐに首を獲って、持っていった。それで手柄にした。武士ではなかったのに」

「知らぬ。子どもだと思って甘やかしていれば、よくもそんなことを」

「卑怯者。なにもしなかったのに」

おみちは、手にした小さな袋を投げつけた。

三宅の胸にあたり、中味が飛び散る。犬の糞だった。

表情を変えた三宅は同僚の制止を振りきり、太刀を抜いた。刀身が三尺を超える大太刀だった。

「もう許さん。斬り捨ててやる」

頭に血がのぼっていて、我を失っていた。

信長は、嫌がらせが効果をあげているのを見て、おみちを三宅と会わせた。あえて毎日、同じ場所で、同じ嫌味を叩きつけるように仕向けたのである。子どもに罵られて、三宅は自分をおさえられなくなっていた。苛立ちが高まるのは見ていてわかった。

じつのところ、これは、かつて信長が一向衆にやられた策だった。

伊勢や越前で、一向衆は織田勢に対して、武士のくせに、農民の首を獲って恥ずかしいとは思わないのか、子どもの首をかざして楽しいのか、この卑怯者、とさんざんに罵ってきた。一度ならば耐えられもするが、連日続くと怒りがおさえられない。激情に押しきられるようにして出陣すると、罠にかかって、大きな被害を出した。

伊勢長島では、弟の信興《のぶおき》が挑発に乗って、逆に討ち取られた。

あのとき、一万の門徒が声をあげたが、今回はひとりだ。声の大きさは小さくとも、心に与える傷は大きい。

三宅が手を伸ばすと、おみちは逃げだした。信長も動いて、上屋敷の裏手にまわる。

黒田家の上屋敷は隣が森右近忠政《もりうこんただまさ》の屋敷で、その境には細い路地がある。人がひとり通りぬけるのが精一杯の広さしかなく、昼でもほとんど人通りはない。

信長が路地を抜けたところで待っていると、おみちがそこに走りこんできた。

あとを追ってくるのは、三宅だ。形相は鬼か夜叉《やしゃ》のようで、容赦するつもりはまるでないようだ。

たちまちおみちの背後に迫り、上段から一撃を振るうも届かない。せますぎて、刀を振るうには向いていないのだ。二度、三度と繰り返しても同じだ。

そのうちに、おみちは一気に走り抜けて、路地から出た。

三宅も続いたが、その寸前、信長が刀を出して、その足を引っかけた。

こらえられず、三宅は胸を激しく打ちつけて倒れた。

「目の前しか見ていないから、そういうことになる。馬鹿が」

信長は三宅を見おろした。血が流れているのは、転んだ拍子に自分の太刀で腕を斬ってしまったからだ。

「満足に扱えぬのに、そんな大太刀を持って。恥ずかしい奴だな。ほら、言ってやれ、おみち。馬鹿だなと」

「馬鹿、ばあか」

おみちは手を振りながら笑った。

三宅が立ちあがろうとしたので、その背を信長は踏みつけた。

「ほれ、隙《すき》だらけだぞ」

「……殺してやる」

「いいとも、いつでもかかってこい。儂は竹町の二階屋にいる。仲間でもなんでも連れてこい。返り討ちにしてやる」

信長は横腹を蹴飛ばすと、駆けだした。その横に、おみちが並ぶ。

ふたりは顔を見あわせると、笑った。それは、思いのほか大きな声となって、静寂に包まれた小道の空気を揺るがした。

その後も、信長とおみちは、三宅に対する嫌がらせを続けた。

あるときは普請のさなか、人夫にまぎれて近づいて、頭上から泥をかけた。

真っ黒になったところに、さらに泥水をかけて、着物を台無しになるように仕向けた。

別の日には、鍛冶橋のたもとで、即興の狂言《きょうげん》を披露した。三宅を嘲《あざけ》る筋立てで、信長がみずからシテを務めた。

思いのほか好評で、次の日には、今度は黒田家を揶揄《やゆ》する筋で演じた。つまらない家臣を雇って恥ずかしくないのか、と暗に語った。

信長とおみちは、三宅をいたぶって、笑いものにした。それはじつに、二十日にわたって続いたのである。

五

「そろそろ本気で来るぞ」

信長は、おみちに声をかけた。今日は、三宅をからかう歌を口にしながら、京橋から日本橋まで歩いた。普請が続く黒田家の作業場もわざわざ通った。

三宅は気づいていたはずだが、こちらを見ていただけで、文句をつけることはなかった。それが彼の意志を示していた。

「次は正面から斬りつけてくる。面子《めんつ》がかかわっているから、最後の最後までやるだろう。下手をすれば、首を獲られる。わかるか」

おみちはうなずいた。表情に迷いはない。

そこには、はじめて会ったときにはなかった意志の強さを感じる。三宅に正面から立ち向かうようになって、おみちは自分を取り戻しているように見える。

「けっこうだ。ならば、儂も本気でやる。おもしろいことになってきた」

からかいながらも、じつは信長は、三宅がどのような人物か調べていた。

農民の首を獲って手柄にするぐらいだから、小物《こもの》と思っていたが、思っていた以上にゆがんだところがあった。卑怯者という言葉に、過剰に反応する理由も、調べていてよくわかった。

連れだって佐原町の角を曲がったところで、ふたりは足を止めた。女が腰に手をあてて、彼らを待っていたからだ。

おあやだ。

「このところ元気になって安心していたら、この男と一緒だなんて」

おあやに睨まれて、おみちは肩をすくめた。

「まったく、言うことを聞かないんだから」

おあやは手を振りあげたが、それは途中で止まった。

しばらく息を詰めていたが、やがてきつい声で家に戻るように告げた。おみちは信長とおあやを交互に見ると、長屋に駆けていった。

「まあ、悪く言わんでやってくれ」

信長は頭を掻いた。さすがに気まずい。

「勝手に連れだしたのは儂で、あの子はついてきただけだ。あまり叱《しか》るな」

「よく言いますね。聞きましたよ、ふたりでさんざんお武家さまをからかっているとか」

おあやは顔をしかめた。

「しかも、相手は、あの黒田家の侍でしょう。なんで、そんなことを」

「あの子のためよ。放っておけなかった」

信長は笑った。

「さんざん煽《あお》ってやったから、こちらの顔は覚えたはず。今度、向こうが仕掛けてきたら、堂々と名乗って迎え撃つ。それでこそ敵討ちよ」

「通りすがりに刺しただけでは、なんの意味もないと」

「そういうことだな」

「まったく無茶ばかり言って……」

おあやは歩み寄って、信長を見あげる。

その右腕が不意に迫る。

「なにをする」

信長は手首をおさえてひねった。

「よさんか」

「放せ。殺せ、殺してやる」

おあやは叫んで、腕を激しく振る。あまりにも激しく振ったので、握っていた短刀が地面に落ちた。

信長はそれを蹴飛ばした。

「なんのつもりだ」

短刀は信長の胸を狙っており、おさえなければ大怪我をしていた。

「どういうことだ。儂になんの怨みがある」

「あるさ。たっぷりね」

おあやは信長の腕を振り払って、距離を取った。凄まじい瞳で彼を睨む。

「そうさ。あんたはなにも覚えちゃいない。いったい、これまでどれだけの人間を殺してきたか。いいかい。あんたに怨みを抱いているのは、ひとりやふたりじゃない。千人二千人になるんだよ、織田信長」

「儂を知っているのか」

信長は驚いた。江戸の町民が彼のことを知っていようとは。

「忘れるはずがない。敵《かたき》なんだから。土屋《つちや》さまの一族を皆殺しにしたのは、あんたなんだから」

「土屋だと」

信長の脳裏に閃《ひらめ》きが走る。

「おぬし、もしや武田家にかかわる者か」

甲斐にいたという話を聞いたときから、気になってはいたが。

おあやはその場に膝をついた。身体から力が抜けて、うなだれてしまう。

落ち着いて話ができるようになるまで、ひどく時間がかかったが、信長はあえて声をかけることなく、その背中を見ていた。

「すみませんね。取り乱してしまって。お見苦しいところを見せました」

おあやが話をはじめたのは、材木町の先にある海が見える砂浜に連れていってからだった。夕陽に染まる海を見ながら、ゆっくりと口を開いた。

「いや、かまわん」

信長は、おあやのかたわらに腰をおろした。

「話し言葉から見て、町民ではないと思っていた。だが、武田とはな」

予想もしなかった。あまりにも時が経ちすぎている。

「土屋家に仕えていたというのは本当か」

「はい」

おあやはうなずいた。

「私は、かつて土屋右衛門尉《うえもんのじょう》さまの屋敷で下女として勤めていました。両親も同じく下働きをさせていただいて、八歳のときに、ご息女の遊び相手として雇われたのです」

「…………」

「土屋さまはよい主《あるじ》でした。武に長《た》けて、いくつも功をあげていましたが、屋敷にいるときは穏やかで、私のような子どもにも気さくに声をかけてくださいました。兄上がなくなって土屋家を継いでからも、それは変わりませんでした。ひたすら武田家に忠義を尽くし、多くの家臣が逃げ去っても、最後まで御主君に従って戦いました」

「話は聞いている。凄まじい戦ぶりだったようだな」

天正十年、信長は、甲州討伐を敢行した。

武田家の勢力が衰えたと判断してのことで、徳川家康と歩調を合わせ、木曾口、伊那口から進出し、信濃、甲斐に進出した。抵抗はわずかで、合戦がはじまってからひと月で、当主の武田勝頼《かつより》を甲斐天目山《てんもくざん》に追いこんだ。

最後の戦いで、土屋右衛門尉昌恒《まさつね》は、勝頼が自害する時間を稼ぐため、織田に正面から戦いを挑んだ。せまい崖道で、迫りくる敵を続けざまに斬り倒し、片手千人斬りの異名を取るまでになった。

最後は自死したが、その戦いぶりは織田の武将からも高く評価された。

「殿様が亡くなって、織田勢が乱入してからは、ひどいことになりました。家臣は逃げましたが、次々と討ち取られて、屋敷にも織田の兵が乱入してきました。

下男は殺され、下女もさんざんに嬲《なぶ》られて。あたしの両親も、織田家の足軽に見つかって殺されました。あたしも追いかけられましたが、崖から落ちて、かろうじて助かったのです。そのときの傷がこれですよ」

おあやは肩の傷を見せた。深くえぐられた跡が残っている。

「生き延びましたけれど、武田家にかかわっていたと知られれば、殺されるかもしれないと思って、逃げました。駿河から相模へ。ようやくひと息つけたのは、小田原に入ってからですよ。あとは最低の暮らしをして生きてきました。人には言えないようなこともやってきましたね」

おあやは、嘲るような笑みを浮かべた。

「小田原を出たのも、遊女のまとめ役と揉めたからですよ。間夫《まぶ》を盗られたって、かっとなって。殺される前に飛びだして、江戸に来ました」

おあやは大きく息をついて、天を仰いだ。

「ようやく落ち着いて、静かに暮らそうと思ったら、まさか、あんたと会うとは。因果ですかね」

「よく儂のことを知っていたな。会ったことがあったか」

「あんたも、あの侍と同じですね。十歳の女の子と顔を合わせたことなんて、覚えていないんでしょう」

　おあやは、駿河に逃げる前、主君の敵を取るべく、信長を狙ったと語った。両親や下女の死体を片付け、ひと息ついたところで、今回の惨事を引き起こした張本人に一矢《いっし》報《むく》いてやりたくなった。

「狙ったのは、あんたが甲斐から尾張に帰るときですよ。韮山《にらやま》の手前で待っていた。征伐を終えたと思いこんで、織田の家臣はのんびりしていましてね。領民に頭をさげさせて、ご満悦でした。たとえ、あんたを狙っている者がいても、子どもだとは考えなかったんでしょう。だから、すぐ近くまで馬で寄ってきた。短刀は懐にありましたから、あとは顔をあげて突き刺すだけでした」

「なぜ、やらなかった」

「竦《すく》んでしまったんですよ。あんたに睨まれてね」

　おあやの顔がゆがんだ、その目には涙が浮かぶ。

「あんなに憎かったのに。土屋家を滅ぼして、両親をあんな目に遭わせた張本人が目の前にいるのに、動けなかった。怖くて。あたしが呆然としていると、あんたはそのままなにも言わずに立ち去った。それだけですよ」

「であるか」

「いまだって憎いですよ。殺してやろうと思って、何度かあんたのねぐらに行った。それでもできなかった。さっきも、もっとうまくやれば殺せたのに、腕がうまく動かなかった。どうしてなのか。わからない。わからなすぎる」

おあやは顔を覆《おお》って泣いた。最後に残った夕陽が、その背中をわずかに照らした。

信長はあえて声をかけず、おあやを見ていた。

風が吹きつける。それは五月のはじめとは思えぬほどの冷たさを帯びていた。

六

「今日は、ずいぶんとおとなしいですな」

光秀に声をかけられて、信長は沈黙していたことに気づいた。考えこんでいて、まわりに人がいることを忘れていた。最近では珍しい。

「どのぐらい黙っていた」

「一刻ぐらいではないでしょうか。寝ているのではないかと思って、顔を見たほどで」

「それにも気づかなかったか。迂闊《うかつ》もいいところだな」

「なにかあったのですか」

「己《おの》が因縁を思い知らされてな」

光秀に問われて、信長はおみちとおあやについて語った。とくにおあやについては、武田征伐の詳細も交えて、くわしく説明した。

「なるほど、そんなことが」

光秀は小さく息をついた。

「武田征伐とはかかわっておりませんでしたから、よく知りませんでした」

「命を狙われることは珍しくはない。だが、子どもはあまりないな」

「では、その娘のことを覚えていらしたので」

「言われて、ようやく思いだしたよ。たしかに、韮山の手前で会ったな」

あのとき、おあやが言ったように、織田の家臣はゆるんでいた。落ち武者狩りが順調だったこともあり、もはや近辺に織田家に対抗する武家はなく、甲斐は掌中におさまったものと信じきっていた。信長ですら油断しており、殺気を向けられるまで、自分を狙っている者がいるとは考えていなかった。

「突っこんできたら、足は持っていかれただろうな。危なかった」

「幸運でしたな」

「そうとも言えるし、そうでないとも言える。案外、刺されていたら、気を引きしめ、上京のときには兵を増やしていたかもしれぬ」

信長は、苦味のこもった笑みを浮かべた。

「甲斐で、儂を狙ったのはあの娘だけだ。怨みは本物だった」

「しかたありませぬ。時は戦国。敗軍に容赦はありませぬ。手前も落ち武者狩りで討ち取られるところでした。助かったのは、向こうが仲間割れしたおかげで。ひどい時代だったのです」

「おぬし、何人殺したか、覚えているか」

光秀はわずかに表情を変えたが、なにも言うことはなく、ゆっくり首を振った。

「儂もだ。尾張をまとめる戦いから、それこそ武田討伐まで、ひたすら敵勢を打ち砕いて生きてきた。近江姉川、伊勢長島、越前一乗谷、摂津本願寺《ほんがんじ》。あげれば切りがない。万の単位で殺していよう。武家のみならず、商人や農民も入る。血で赤黒く染まった野道を歩いたこともあった」

信長の生涯は、合戦の連続だった。

尾張統一戦、桶狭間の戦い、美濃斎藤《さいとう》家との戦いと続き、天下布武《てんかふぶ》を目指してからは、さらに強大な敵と渡りあった。行く先々で血と肉をまき散らし、死体の山々を切り裂いて、浅井、朝倉、足利《あしかが》将軍、毛利、本願寺と戦い続けた。戦わねば生き残ることはできなかった。弱者はまさに武田家のように踏みにじられ、すべて奪われてしまうわけで、全力で生き残る道を探すしかなかった。

その生き方に悔いはない。

信長は敵を粉砕し、領地を広げることを楽しんだ。

それでも、業《ごう》を背負って生きていることは間違いない。

信長は何万人もの怨みを背負っている。いまさらそれが消えることはないし、無理して消すつもりもない。

「極楽には縁がないな」

「そもそも信じておられないでしょう。そんなもの」

光秀は軽く笑った。

「手前も業を背負っています。叡山《えいざん》では、多くの僧を手にかけましたし、丹波では逆らう者を何百何千と始末してきました。敵兵がこもった城に火矢をかけたこともあります。我がことながら、地獄の業火で焼かれるのが似合いでしょうな」

「賢《さか》しい物言いだが、おぬしらしいか」

「習性でございますな。一度、死んだことになってから、ひねくれてしまいまして」

「ひねくれ具合ならば、儂も変わらぬ。死んでからひどくなったわ」

　信長は脇差の柄を撫でた。

「一度は腹を切るつもりで覚悟を決めたが、蘭丸に言われて本能寺から逃げだし、しばし養生してみたら、天下の行く末は決まっていた。あの猿に持っていかれるとは思わなかったが、それもまた定め。いまさらひっくり返そうとは思わぬ。こうして生き延びたことになにか意味でもあるかと思ったが、どうやら、そういうこともないらしい」

「ならば、どうしますか。この先」

「なにもしない。ただ流されて生きていくだけ。殺した者の業を背負いながらな。それも悪くないと思っている」

「誠でございますか」

「ああ、そうだな」

　身体が落ち着いてからの十年あまりは、本当になにも決めず、流されるままに生きてきた。京へ行き、大坂の町を歩き、西国をまわり、ついには蝦夷《えぞ》にまで赴いたが、それも目的あってのことではない。

ゆるやかに、時の流れに身をまかせただけだ。

年のことを考えれば、このまま静かに生きていくことになるだろうし、それで問題ないとは思っている。

ただその一方で、心の奥底で揺らぐ情念の炎が消えることはなかった。それがなにかの都合で弾《はじ》ければ、大きく事が動く。それだけは確信していた。

「おぬしはどうするつもりだ、十兵衛。抹香臭《まっこうくさ》い生きざまをつらぬくか」

「それもいいですな。家康殿に仕えるのは悪くありません」

「いいさ。それで猿の一党を滅ぼそうというのであれば、止めはせぬよ」

光秀は声を立てずに笑った。

その表情で、信長の指摘が正しかったことがわかる。

かつて織田家中で、秀吉と光秀は鋭く対立していた。生まれも育ちもまるで違うのだから、当然のことだ。軍略も正攻法の光秀に対して、秀吉は奇襲を好み、軍議の場でも何度となく対立した。

じつのところ、それは信長にとっては好ましいことで、両者の競争心を煽《あお》ることで、大きな成果を手にしていた。

その秀吉が天下を取ったことで、光秀が腹立たしい思いをしていることはわかるが、それが秀吉の死後に至ってまでこだわることなのかと言われれば、いささか異様である。

秀吉と光秀には、裏でなにかがあった。それはおそらく、あの本能寺の変とも深くかかわっている。

「さて、ほかに言っておきたいことはあるか。いまなら聞くぞ」

「黒田家の家臣と揉めているようですな。騒ぎになると面倒ですぞ」

「あれはしかたない。それこそ流れだ。最後までやり抜くさ」

「あとは家康殿は、しばらくお帰りにならぬかと。西国のとりまとめに手間がかかっておりまして」

「豊臣の始末は面倒であろう。生きているうちに苦労するがいいさ」

日の本は統一に向けて大きく動いているが、決まるまでにはまだ時を要するだろう。

下手を打てば、合戦になる。

それは、おそらく戦国の世を終焉《しゅうえん》に導く最後の戦いになるだろうが、家康としてはできるかぎり、それを小さくおさめたいと願っているだろう。せっかく手に入れた日の本を傷つけたくないはずだ。

いまは豊臣の一族を丸裸にするために、全力を尽くしている。

「そうですな、それから……」

光秀の話は、襖の外から響いた下男の声に遮られた。客が来ていると告げられた。その名を聞いて、信長はすぐにあげるように指示した。

たいして時を置かず、襖が開いて、おみちが姿を見せた。作法を守って部屋に入ると、信長の前に座ってきちんと頭をさげた。

「おう。よく、ここまで来たな。おあやはなにも言わなかったのか」

おみちはなにも言わない。ただ、横の光秀を見ただけだ。

「ああ、そこの坊主は気にせずともよいぞ。天海と言ってな、悪の親玉だ」

「もう少し、ましな紹介をしていただきたいですな」

「間違っていないのだからよかろう。それで、おみち、なにをしに来た」

「どうしていいのか、わからなくなった」

声は小さかったが、よく通った。視線はまっすぐ信長に向いている。

「なにがいいのか、見えない。前はこんなことはなかったのに」

「どうした、敵《かたき》を討つのが嫌になったか」

「やりたい。でも、おあや姐《ねえ》さんを哀しませたくない」

おあやは、おみちが敵討ちのために動いていることを、ひどく心配していた。昨日も、万が一のことがあったら大変だから、すぐにやめてほしいとも言われたようだ。哀しげな顔で見てきて、それでおみちの心は大きく揺らいだらしい。

「姐さんは、あたしのことを大事に思っている。だけど、どうしてそんな風に思うのかわからない」

意外な言葉に驚いて、信長の返事は平凡になった。

「それは、まあ、おまえのことを好いているからだろう。この先もずっと一緒にいたいと考えている。だから、死んでほしくないのであろう」

「なぜ？　親でも兄弟でもないのに」

信長は返答に窮《きゅう》した。この心に傷を持つ娘に、なにを言えばいいのか。

横目で光秀を見ると、笑いをこらえているのがわかった。子どもにうまく応じることのできぬ、かつての主君がおかしく見えるのだろう。

なんとも腹立たしい。貴様こそ坊主なのだから、気の利いた説教をしてみたらどうだ。

大きく息をつくと、信長はおみちを見据えて話をはじめた。

「では、逆に訊こう。おぬしは、おあやのことをどう思っている」

おみちは首を傾けて、しばらく間を置いてから応じた。

「優しい人だと思っている」

「一緒にいて楽しいか」

「うん。怒られることも多いけれど」

おみちは視線を逸らす。頬は赤い。

「話をすると心が安らぐ。ずっとこのままでいたい。でも、頼りすぎてはいけないとも思っている」

「他人だからか」

「そう」

「血のつながりがないから、遠慮するのか。阿呆らしい」

信長は身を乗りだした。その手が膝《ひざ》を軽く叩く。

「そんなこと、気にするな。よいか。いまのおまえがしなければならないのは、甘えることだ。抱きついて、ああしてこうしてと言いまくって、一日中、一緒にいればいい。飴を買ってもらってもいいし、どこぞの寺に花を見にいってもいい。なにも気にせず、おぬしのやりたいようにやればいい」

おみちの信長を見る目は、どこか熱がこもっていた。

「おぬしには、それが許されている。まだ子どもなのだから」

「でも、血はつながっていない」

「それがどうした。血がつながっていても、憎しみあって、殺しあう者もいる。心を許して一緒に暮らしていれば、それは身内よ。この年になると、それがよくわかる」

身内の顔が脳裏をよぎる。うまく付き合ってきた者もいたが、同じぐらい敵対し、命のやりとりをした者もいた。やむをえなかったと当時は割りきっていたし、もとに戻れば同じことを繰り返すのであろうが、それでも心にわずかな苦味は残る。

「お母ちゃんといって、飛びつけばそれでいいのよ。よけいなことは考えるな」

おみちは一瞬の間を置いて、力強くうなずいた。心のどこかで、なにかが切り替わったようである。逡巡《しゅんじゅん》は消えていた。

「まあ、甘えすぎるのもうまくはないがな」

信長は思わず口を出した。

「そこの坊主は、娘がかわいくてしかたなくてな。嫁に出すのが遅れてしまった。

儂が声をかけなければ、一生、家から出さなかったと思うぞ。娘が幼いころには、ずっと膝の上に置いて離さなかったぐらいだ」

「ここで、その話をしますか。上さまも意地が悪い」

「本当のことであろうが。目尻をさげて娘をあやす姿は、いまでも忘れんぞ」

光秀は軽く首を振った。表情が苦いのは、娘の多くに先立たれてしまったせいだろうか。生きているのはひとりだけで、その娘とも何年も会っていない。

妻も子どもも、光秀は深く愛していた。人一倍、情の深い男だけに、心に刻みこまれた傷も深いはずだ。

「甘えるのは、よいことだ。この先どうなるかわからぬからな」

光秀がにじり寄って頭を撫でると、おみちは照れくさそうに笑った。

「まったく、おぬしは犬と子どもには、いつも好かれるな」

「からかうのはおやめください。さて、この先どうしますか」

「ここまでかかわったのであるから、おぬしも手を貸せ。早々に敵討ちを終わらせる」

「最後までやるのですか」

「向こうはその気よ。それに、この娘も諦《あきら》めておらぬ」

おみちは口を結んでうなずいた。引きしまった表情には、決意の色が浮かんでいる。おあやを哀しませたくないという思いがある一方で、両親への哀惜の念も強く残っていることがうかがえる。

そのまま残せば、心の奥底で腐って、人生をねじ曲げる。それはうまくない。

「相手は黒田家の侍でしたな。こちらでも手を打っておきますか」

「やってくれ。あと、ひとつ、頼みたいことがある」

信長の話に、光秀は大きく顔をゆがめた。面倒なことになると顔に書いてあったが、それでもなにも言わず、頭をさげて依頼を引き受けた。

七

上座に腰をおろしたまま、頭をさげる武家を見て信長は小さく唸った。

予想できた反応であるが、四半刻も同じ格好で動かずにいるのを見せつけられると、いささか困る。

そもそも、相手は五十二万石の大名であり、浪人の信長とは格が違う。

ふたりが会っている上屋敷には家臣が何十人もおり、その気になれば取り囲んで討ち果たすこともできよう。書院で礼儀を尽くして話をすることそのものが、異様と言える。

どうしたものかと思ったが、面倒なので、信長は前置きなしで切りこむことにした。

「ひさしぶりだな、松寿丸《まつじゅまる》……いや、いまは筑前守であったか。息災なようでなによりだ」

武家は答えず、頭をさげたままだ。信長は苛立《いらだ》った。

「これでは話もできぬ。顔を見せよ」

まだ、身体は動かない。信長は声を張りあげた。

「いいかげんにせよ、黒田長政。面をあげい」

雷に撃たれたかのように、黒田筑前守長政は身体を起こした。

抹茶色の小袖に、水色の直垂《ひたたれ》、帯は白で、脇差を一本だけ差している。身体は引きしまっており、今日出陣と言われても、まったく問題はなさそうである。

顔は老けた。年は五十近くで、鬢《びん》には白髪がある。皺《しわ》は目立たぬが、肌は以前より乾《かわ》いていた。幼いころを知っているだけに、その格差に驚く。

「また、こうして顔を合わせることをできて、嬉しく思うぞ。最後に会ったときは、まだ若侍だった」

「は、はい」

「官兵衛も生きていたな。亡くなったのは三年前だったか。顔も出せずに、申しわけないことをした」

「とんでもございません。父も上さまには感謝しておりました。引き立ててくれなければ、いまの自分はなかったと、最期まで言っておりました」

長政は上目遣いで、信長を見た。

「まさか、本当に生きておられたとは……この目で見るまで、信じられませんでした」

長政の眼は丸い。驚きを隠さずにいる。

「官兵衛から聞いていなかったか」

「死の間際に少しだけ。戯事《ざれごと》かと」

「あの男は、諧謔《かいぎゃく》が好きだったな」

長政の父である黒田官兵衛とは、十年前、信長が九州を放浪中に顔を合わせた。中津に赴いたところで、向こうから声をかけてきた。顔を合わせたのは短い時間だったが、本音を語りあうことができて愉快であった。

「おぬしとは因縁がある。一度は殺しかけた」

長政は幼いころ信長の人質だったが、官兵衛が謀叛を起こした荒木村重《あらきむらしげ》の説得から戻ってこなかったときに、寝返ったと考え、信長は処刑を命じた。竹中半兵衛《たけなかはんべえ》がうまく機転を利かせてかくまっていなかったら、こうして顔を合わせることもなかった。

「いえ、戦国の世にあっては、致し方なきこと。生きながらえたのですから、なにも申すことはありませぬ」

長政の物腰は低いままだった。彼が信長に仕えていたのは二十年以上前のことであり、そのときですら実質的には秀吉の配下だった。直に顔を合わせることは少なかったのに、いまだに恐縮して振る舞うのは、それだけあの時代の影響が強かったということなのだろうか。信長には、よくわからなかった。

「お互いにな。儂もこうして生き恥をさらしておる」

「いったい、あのあと、どのように……」

「それはおいおい話をしよう。今日は、頼みたいことがある」

「みつ……いえ、天海さまからも聞いております。なんでございましょうか」

「これから、おぬしの家臣と揉める。すまぬが見て見ぬ振りをしてほしい。少々、荒っぽいことになっても、事を荒立てないでくれ」

「もしや、三宅久右衛門のことでございますか」

「聞き及んでいるか。ならば話は早い」

信長は淡々と話を続けた。

「狙いはあやつであるが、もう少し数が増えるやもしれぬ。若侍が徒党を成すようなのでな。十人やそこらは相手をせねばならん。なにせ、敵討ちだからな」

「どういう次第で」

「言わないでおく。知らねば、とぼけるのもたやすかろう」

おみちとおあやの素性は、隠しておきたい。

長政は純朴な武士だが、一方で苛烈な時代を生き延びてきた戦国武将でもある。家を守るためなら、町の者でも容赦なく斬り捨てよう。

実際、顔つきは大きく変わっていた。恐縮しながらも目は細まり、口も固く結ばれている。眼光は鋭く、気配は獰猛《どうもう》になる一方だった。

さすがである。これこそ、戦国の世を知る者だ。

「上さまの狙いは、なんでございましょう」

長政の声が低くなった。

「また大きな争いを望んでおられるのですか」

「それはない。いまの徳川は盤石である。秀吉の一族ですら敗れたのに、なんの兵もない儂に、どうにかできるはずもなかろう。ただ、己のやりたいようにやる。それだけよ」

「なにをなさるおつもりで」

「風のまま、気のままよ。いまは敵討ちに精一杯とだけ言っておく」

「手前が手を貸さないと言いましたら、どうするのですか」

「なにもしないで帰る。ただその後、噂が流れるかもしれぬな。黒田家の屋敷に信長の亡霊が出没する、と。儂自身も屋敷のまわりをうろつくやもしれぬ」

長政は大きく目を見開いた。信長は本気だと見抜いたのであろう。

信長の亡霊が屋敷に出たと噂になれば、当然、幕府の調べが入る。その際、家中に抱えている問題を洗いざらい調べられれば、大きな禍根となる。

一方で、その前に信長を始末してしまう、というやり方もある。このまま上屋敷から出さず、討ち取ってしまえば、最初からなかったことにできる。光秀が騒いでも、どうにでも取り繕《つくろ》うことはできよう。

長政の計算がどう出るか。信長にできることは、ただ待つことだけだった。

十分に時間をかけてから、長政は口を開いた。重い声だった。

「あいわかりました。では、上さまのおっしゃるとおりに」

「見逃すと」

「三宅久右衛門とその仲間には、よくない噂がございました。関ヶ原での手柄のこともそうですし、江戸城の普請でもそうです。横から口を出して、奉行を振りまわしておりました。家格がよいこともあって、わがままを通すところがございまして。お灸《きゆう》を据えるには、ちょうどよいかもしれませぬ」

「痛い目に遭うだけでは済まぬかもしれぬぞ」

「それも、久右衛門の器量かと。生き残れば、かばいもしましょう」

三宅久右衛門の評判がよくないことは、調べがついていた。若侍らしい傲慢《ごうまん》さで、家中を引っ掻きまわしているようだ。江戸でもさんざんに遊び歩いていて、三月には刃傷沙汰も起こしていた。

どこの家中にも、騒動を起こす愚か者は存在する。遊びのうちは目こぼしするが、それが家中の秩序を乱すようならば、早めに手をくだす。

これがよい機会と、長政は割りきっているようだった。

「儂に押しつけることができて、運がよかったと思っているか、長政」

「いえ、そのようなことは。手前は目こぼしをするだけで」

「よく言う。まったく、立派な武士《もののふ》になったものだ」

そこで、信長はもうひとつの腹案について語りだした。

「ならば、もうひとつ、おぬしに頼みがある」

「なんでございましょう」

「儂が官兵衛に渡したあれを貸してほしい。この間、誓願寺の裏手でちょっとやらかしたら、十兵衛に太刀を取りあげられてしまってな。あれがあると助かる」

「あれというと、まさか……」

長政は息を呑んだ。信長の意を察すれば、驚くのは当然だ。

「そうだ。手元にあるだろう。いまは黒田家の家宝と聞いているぞ」

「いえ、それはもちろん。渡すのはかまいませぬが、すぐにでございますか」

「儂を待たせるつもりか。長政」

信長は、正面から長政を見つめた。

ふたたび雷に撃たれたかのように、長政は背筋を伸ばした。

しばし動かなかったが、信長が立ちあがると両手をついて頭をさげ、すぐに持ってくると告げたのであった。

八

信長がおみちを連れて鍛冶橋を渡ると、三宅久右衛門が待ちかまえていた。かなり痩せて、頰《ほお》の肉が落ちて、目がくぼんで見える。小袖の着こなしもいまひとつで、前に会ったときの洒落《しゃれ》っ気は完全に消えていた。

振りまわしただけの甲斐はあった。一向衆は、本当に偉大だ。

「いろいろとあったようだな。さんざん、仲間に馬鹿にされたか」

「黙れ」

「噂をばらまいたからな。子どもに喧嘩を売られて逃げまわっていると。藤堂家の家臣が話を聞いて、おぬしの顔を見にいったとも聞いたぞ。いまのままでは、おぬしはもちろん、黒田家も馬鹿にされる。放っておくことはできぬよな」

三宅に対する悪評は、頂点に達していた。長政の側近からも苦言を呈《てい》されているようで、もう、おみちを放っておくことはできないはずだった。

「相手してもらう」

「ここでやるのか。儂はかまわんが、人目が多すぎはしないか」

三宅は口を閉ざすと、外堀に沿って南へくだった。おみちがそのあとに続き、信長はふたりの背を見る形で歩く。

三宅は数寄屋橋《すきやばし》を渡り、さらに東海道をさらに南にくだった。

ようやく足を止めたのは、増上寺《ぞうじょうじ》の裏手に入ってからだった。足取りが遅かったこともあり、たどり着くまで一刻を要していた。

三宅と会ったのは辰の刻だったので、すでに日射しは高くのぼり、三人を強く照らすまでになった。彼方に増上寺の伽藍が見えて、ときおり風に乗って念仏の声が響いてくる。

周囲には、背の低い草しか生えておらず、立ち合いには適していた。

敵討ちだから立会人が必要であるが、三宅はそれを望んでいないだろうし、信長にもそのつもりはなかった。あくまで私闘でいい。

「おぬし、この娘の顔を覚えてないと言ったが、いまはどうだ。思いだしたか」

三宅の顔が苦悶にゆがむ。柄を握る手にも力がこもっていた。

「そうよ。おぬしが討ち取った農民の娘よ。偽の首で手柄を立てるとは、恥ずかしいにもほどがあろう。それで威張っているのだから、なおさらだな」

信長は三宅を煽った。

「この子は、おぬしのことを覚えていて、敵を討ちたいと願っている。せめて叶えてやったらどうだ。おぬしが討たれれば、それでよし。返り討ちにしたとしても、文句は言わぬよ。話はついている。どうだ」

「美濃のことなど知らぬ。我はあくまで武士としての面目《めんもく》を守る」

「それでもよかろう。では、はじめようか。助太刀は儂が務める」

三宅は太刀を抜くと、ろくに構えもとらず、一直線に迫ってきた。頭に血がのぼっていて、正面しか見えていないようだ。

信長はおみちとの間に入って、脇差を抜いた。

上段からの一撃を食い止めると、その間におみちが飛びだして、短刀で足を狙う。

三宅はさがって、横薙ぎの一撃を放つが、それは信長が食い止めた。

おみちは唸って、前に出る。短刀を振るうが、それも止められてしまう。

三人は、攻守を切り替えながら、激しく渡りあった。

三宅の技量はたいしたことはなかったが、おみちは子どもで、体格に差があり、次第に一方的に押される展開となった。信長も助けるが、三宅は動きを見抜いて、巧みにかわしながら、おみちのみを攻めたてる。

袖が斬られて飛び、肩にも小さな傷ができていた。頭も刃がかすめて、髪の毛が何本か飛んでいた。

優位に立っているのがわかったのか、三宅は前に出て、激しく攻めたててきた。

上からの一撃をおみちが短刀で受けることができたのは、奇跡に等しかった。

ただ、鈍い音がして、短刀は根本から折れてしまった。

「いかん。これを使え」

信長は脇差を渡して、抜かずに持っていた打刀《うちがたな》に手をかけた。白刃が陽光を浴びて煌《きら》めく。

それを見て、久右衛門の表情が変わった。目を見開いてさがる。

「そんな馬鹿な。その拵《こしら》えは……」

「気づいたか。へし切《き》り長谷部《はせべ》よ」

へし切り長谷部は、はるか昔の南北の御世、山城の長谷部国重《くにしげ》が造った打刀だ。

当初は大太刀であったが、信長の手元に来たときには、すでに打刀に擦りあげられていた。

刀身は二尺四寸五分。刀中の金筋が目を惹く。

かつては信長が所有していたが、秀吉に渡り、それが黒田家に伝わった。

へし切りの異名は、無礼を働いた茶坊主が膳棚に身を隠したとき、棚ごと押し切って斬殺したことからきているが、じつのところ、これは半分正しく、半分は間違いだった。

茶坊主は無礼を働いたわけではなく、信長に向けられた刺客であった。本願寺の手の者で、時をかけて信長の側近となり、その機会を狙って毒刀を振るった。そのとき、信長を守って小姓のひとりが死んだ。

刺客は膳棚に隠れたが、小姓が包囲して、行く手を遮った。行き場がなくなったところで、信長は長谷部を振るい、へし切りにした。それも、わざと痛みを感じるように、足を斬り、腕を斬って、そのあとに首を落とした。刺客はひたすら念仏を唱えていたが、最後は悲鳴に変わった。

先だって長安の一党と揉めたあと、騒ぎはよくないという理由で、光秀は信長から鶴丸国永を取りあげていた。代わりになる刀を探していたのであるが、長政と会う前、へし切り長谷部のことを思いだし、寄越すように指示したのである。

へし切り長谷部を見たということは、三宅は長政に気に入られていたのだろう。己の無様《ぶざま》な振る舞いが、主君の信頼を裏切ったと言える。

「主君はお怒りだ。さっさと首をさらせ」

三宅は声を張りあげて斬りかかってきた。

自棄《やけ》の一撃をかわすと、信長は右腕を斬り飛ばし、返す刀で足を深く刺した。よろめいたところで、おみちが懐に飛びこみ、その胸を深く刺す。

うめいて三宅は、残った左腕をおみちの首に伸ばした。

その情念は途方もなく深かったが、その指が細首に届く寸前、信長が残った左腕も断ち切った。

赤黒い血で全身を染めながら、三宅は前のめりに倒れた。

信長は返り血を浴びた娘を見やった。

「よくやった。これで父母の無念も晴れるだろう」

おみちは大きくうなずいた。

「あっ、三宅」

黒田家の同僚が、雑木林を抜けて現れた。十人で、いずれも殺気だった目を戦いの場に向けていた。

「おまえが殺ったのか。よくも」

全員の手が刀にかかる。

その瞬間、銃声が轟《とどろ》き、地面が跳ねる。

間を置いて、もう一度、轟音が響く。今度は、黒田勢から一尺と離れていない場所に、玉が突き刺さった。

「やってもよいぞ。だが、儂にたどり着く前に、おぬしらは穴だらけだ」

黒田勢は怯《ひる》んでさがった。信長は右後方を見つめる。

どうやら間に合ったらしい。

出かける前、信長は光秀に、三宅と決着をつける旨を知らせ、万が一のことがあったときには手を貸してほしいと使者を通して伝えていた。

光秀は鉄砲の名人であり、技量が衰えていないことを信長は知っていた。どこかで助けがくるだろうと思っていたが、この間合いだったわけだ。

これ以上は目立って、面倒なことになる。揉み消すには、ちょうどよい頃合いだ。

信長が睨むと、黒田勢はなおも後退した。

決着はついた。意気地なしの若侍にできることはあるまい。

九

信長がみはしに赴いたのは、敵討ちの五日後だった。

日が空いたのは、光秀に睨まれ、屋敷を出ることもできなかったからだ。

ようやく隙を見つけて抜けだし、店に入ると、おあやがおとみを手伝って人夫に飯を配っていた。手際よく作業し、金を払わずに出ていこうとする客にも、きちんと声をかけている。働き甲斐があるのか、笑顔もいつもより華やかだ。

そのかたわらでは、おみちが右に左に動いて、茶碗を片付けていた。

ときおりふらついたが、さりげなく客に助けられており、店に馴染んでいるのがよくわかる。

信長が声をかけると、おあやが歩み寄ってきた。

「なんにします」

「茶漬けでいい。それより、どうだ」

「心のつかえが取れたようです。前よりも元気になりました」

「であるか」

戦いを終え、長屋に帰ると、おあやが待っていた。

おみちはその姿を見かけると、駆け寄って抱きつき、しばらく離れなかった。

おあやもかがんで、その小さな身体を抱きしめた。

事の次第を説明すると、信長は屋敷に戻った。そのときもふたりは、手をつないでいた。

三宅久右衛門は表向き病死ということで処理された。同僚の侍は上役から叱責を受けて、筑前に送り返されたらしい。長政は跳ね返りの若侍をうまく押さえこみ、事を荒だてることなく処理してみせた。さすがの胆力である。

おあやは、おみちが店の手伝いをする様子を見つめた。

「よかったんでしょうか。あの子に敵を討たせて」

「大丈夫だ。あの子は、父母が無念を感じとっていたからこそ、みずから敵討ちにのぞみ、それをやり遂げた。決着をつけて、前に進む気になった。それでよいのではないか」

「たしかに。いまは生きてくれれば、それで十分ですね」

「あの娘は大丈夫だ」

信長はおあやを見つめる。

「あとはおぬしだな」

「それを言いますか」

「敵はここにいるぞ。どうする」

「そうですね」

おあやは空を見あげた。夏の蒼穹《そうきゅう》が頭上にはある。

「心は痛みますよ。忘れることはできません」

「………」

「ただ、その一方で、いまさらという気がするのもたしかなんです。二十四年という月日は、あまりにも長すぎましたね。よかったことも悪かったことも、時の彼方に吹き飛ばしてしまう」

「儂もたくさん忘れてきたよ」

「あのとき、あなたと会うまで、きれいさっぱり忘れていたんです。あんなに怨みに思っていたのに。薄情にもほどがありますよ」

「その程度のものだろう。人は」

信長はそれこそ万という人間を殺してきたが、いまもこうしてのうのうと生きている。深い業は背負ったままで、きっかけがあれば狂風が襲いかかるが、普段はそれを忘れたかのように暮らしている。それがこの世の哀しさであり、おもしろさなのかもしれない。

「月並みであるが、人は明日に向かっているのだろう。老い先の短い爺でもな」

信長は茶漬けを掻きこむと、おあやを見る。

「殺したくなったら、いつでも来い。受けて立つ」

「忙しくて、それどころじゃありませんよ」

「手伝って、こっち」

おみちが客の合間から手を振った。手には、片付け途中の茶碗がある。

「忙しい、忙しい」

「はいはい。いま行きますよ。おまえは厳しいねえ」

「いつも休んでばかりだ。手を抜いてばかりじゃ……」

少し間を置いて、おみちは言う。

「そういうの、よくないよ。おかあちゃん」

おみちの言葉に、おあやは息を呑むと、口を手で押さえた。

そのままうつむく。

泣き声が響いたが、それはわずかな時間のことで、すぐに顔をあげると、おみちに歩み寄って、その頭を撫でる。

おみちは明るい笑みを浮かべて、その腰にすがりつく。

ふたりが連れだって奥に入っていくのを見ながら、信長はみはしをあとにした。

店に漂《ただよ》う味噌《みそ》の香りが、なんとも心地よかった。

第三話　鷹　匠

一

その日、信長はみはしで飯を食べ、おみちをからかったあとで、暇《ひま》にまかせて日本橋方面に向かった。

行き交う人々の顔を見ながら、本町通りを抜けて神田に入る。

五月もなかばを過ぎて、江戸では、梅雨《つゆ》の走りのような日が続いていた。

弱い雨のおかげで、町は湿気に包まれ、座っているだけで着物が身体にまとわりつくありさまだった。道が泥濘《ぬかる》み、油断すると、たちどころに裾《すそ》が泥まみれになる。

江戸は埋め立て地なので、少しの雨で水が出る。日比谷の大名小路では、人夫が水をさらい、できたばかりの大名屋敷を守らねばならなかった。

雨がやんだのは昨日の午後で、日射しが出たのは今朝になってからだ。

ひさしぶりの晴天に、町の者は浮き足立っており、威勢のいい掛け声があちこちから響いていた。道三堀《どうさんぼり》から走ってきた魚売りが薬売りとぶつかって声を荒らげ、手前の堀では、人夫が陸揚げした材木を大声で数えている。

足早に駆け抜けるのは袋売りの行商で、なじみの客を見つけて、すばやく売り込みを掛ける。

信長は、高まる町の息吹を全身で感じつつ、神田に入った。

足を止めたのは大工町の角を曲がって、少し進んだところだ。

道端で町人が縁台に腰かけて、碁《ご》を打っていた。

ひとりはいい身なりの商人で、茶の小袖《こそで》は絹だった。履物の質も高く、裕福な暮らしをしていることが見てとれる。

もうひとりは老人で、粗末な麻の小袖に、縄帯だった。髪はほとんど白く、月代《さか やき》も小さい。

身体は痩せていて、皺《しわ》だらけの顔にも肉はない。ただ右腕は異様に太く、手の甲には深い傷跡がいくつもあった。

ふたりの意識は、目の前の碁盤に集中していた。

商人が黒石を置くと、老人が白で応じる。その繰り返しだ。

いまのところ局面は五分で、勢いのある黒を白が巧みにいなす、という構図だ。

老人の応手は絶妙で、黒が激しく攻めたてても、中央の陣地を守っていた。

このままかわしきるかと思ったそのとき、白の老人があきらかな悪手を打った。

中央の白に大きな隙《すき》ができて、商人は喜色を浮かべる。

勢いこんで黒石を打つと、老人は白で応じる。形勢は一気に悪くなる。

苦しい展開のはずだが、信長は老人が落ち着いていることが気になっていた。

まったく焦った様子を見せず、淡々と黒の攻め手に応じている。

手が進むにつれて、白は黒を押し返していた。それればかりか、逆に黒の地合いを奪い取っていく。

終盤戦に入るころには、大勢は決していた。しぶとく黒は打ち続けたが、敗勢を覆《くつがえ》すことはできなかった。

「いや、やられた。やられた。今度こそ勝てると思ったんだけどなあ」

商人は、盤面の白石を指差した。

「この一手、あんたがやらかしたと思って、一気に攻めたんだが、うまくかわされてしまったなあ。中央どころか右隅までやられてしまって、うまくなかった」

「あっしもひやりとしましたがね。なんとか凌《しの》ぐことができましたよ」

「もう一番、やろう」

「ようございますよ」

ふたりは碁石を片付け、新たなる戦いに入る。次もきわどい戦いであったが、勝ったのは老人であった。悔しそうにしながら、それでも商人が笑って立ち去さると、今度は信長が老人の前に座った。

「今度は儂が相手しよう」

信長が碁石を取ると、老人は顔をしかめた。

「侍は嫌なんだよな。負けそうになると、斬りつけてくるから」

「そんな馬鹿はせぬよ。ほら、儂から打つぞ」

信長は一礼してから黒石を置く。老人はそれにあわせて白を置く。

手が進み、左隅での戦いが激しくなってきたところで、信長が声をかけた。

「さっきの勝負、うまくやったな」

「どういうことで」

「おぬしの悪手、あれはわざとであろう」

信長は、白の陣地を分断する一点に黒石を置いた。老人の表情が変わる。

「あそこに白を打てば、一見したところ、白の地合いに大きな穴が空いたように見える。だが、その先の手は限られていて、うまく打たないと手が詰まって、逆に追いこまれてしまう。おぬしは狙ったとおり右の黒を突き崩して、勝負を決めていた。おもしろいな」

「馬鹿馬鹿しい。どうして、そんな面倒なことを」

「あやつに勝てると思わせるためよ」

信長は、黒を並べて右の攻防を制した。白は中央すら危うくなっている。

「おぬしたちは賭けていたのであろう。腕はおぬしが上まわっていたが、端《はな》から叩きのめしてしまうと、やる気を失う。隙を見せて勝てると思わせて、気持ちを煽《あお》れば、もう一番、打たせて儲けることができる。うまい策だよ」

老人は答えずに、中央を支える一手を打った。いい手だが予想の範囲内で、信長は丁寧《ていねい》に応じて、白の守りを突き崩した。

もう押し返すことはできない。

「小遣い稼ぎとしては悪くないな」

「それに気づくとは。たいした目だよ」

老人は顔をしかめて、天をあおいだ。

「負けた。いや、強い。たいしたものだ。ここまでやられたのは、はじめてだ」

「爺さまもな。江戸で、こんなに強い奴と戦ったことはない。厳しかった」

信長は囲碁が好きで、若いころから清洲《きよす》に有名な棋士を招いては、指南を受けていた。

京に拠点を移してからもそれは変わらず、当時は日海《にっかい》、いまは本因坊算砂《ほんいんぼうさんさ》と名乗る僧侶とも何度となく手合わせした。

本能寺の直前にも、算砂と打って、一勝一敗とした。

驚いたのは、そのときに三コウが出現したことが不吉の象徴とされ、いまにも伝わっていることだ。算砂は悪戯好きで、信長との手合わせで、よく三コウができるように仕向けていた。気づいたときには罠にはまっていて、嫌な思いをしたものだ。

だから、三コウそのものは不思議でもなんでもなかったのだが、なぜか、それが特別なことのように扱われていたのは、不思議に思った。

老人は、算砂には及ばないものの、堺の豪商を相手に戦えるだけの技量は有していた。江戸の片隅に、これほどの人物がいたのは驚きである。

「おぬし、何者だ」

信長の問いに、老人は歯をむきだしにして笑った。

「儂は、これよ」

さっと右腕を差しだした。

その振る舞いに、信長は幻を見た。その腕に、大きな鳥が舞いおりる姿を。

「……おぬし、鷹匠《たかしょう》か」

「豊介《とよすけ》という。よろしくな」

二

老人と会った三日後、信長は光秀をともなって、上野へ出向いた。

神田から北にあがって、小さな川をいくつか渡ると、大きな丘陵が視界に飛びこんでくる。斜面には低木が生えていて、人の手が加わっている気配はない。

丘の左手側には池が広がっており、左手の先には蓮《はす》の葉が広がっている様子が見てとれる。不忍之池《しのばずのいけ》と呼ばれ、本郷《ほんごう》の大地から流れる川が築いた巨大な池沼だ。

光秀は、歩いているさなか、さかんに上野の山を気にしていた。

何度も山の形を確認しており、信長がいなければ、山に入って全体像を確認していたかもしれない。それほど執拗《しつよう》だった。

「たしかに、引っかかるよな。あの山は」

信長は視線を送る。

「江戸城からはほど近く、あそこを取られれば、城まで一瞬だ。付城《つけじろ》にするには、申し分ない。逆に、味方がおさえておけば、城は安泰で、敵勢をうまく引きこんではさみ撃ちにすることもできる。放ってはおけぬよなあ」

信長の挑発するような言葉に、光秀は穏やかに応じた。

「家康殿も気にしていました。いまのままではうまくないと」

「かといって、城を築くには近すぎる。どうする。寺でも建てるか」

「そのつもりで手を打っております」

光秀は杖で山を示した。

「上野の山は江戸城から見て東北、鬼門にあたります。京の鬼門を比叡山が守っていたように、江戸にも鬼門を守る寺院が必要でしょう。手前が生きているうちに、形にするつもりで話を進めています」

「であるか」

「せっかくですから、山号は東叡山《とうえいざん》としますか。東の比叡山という意味で。座主には、京から名の通った人物を連れてきましょう。天皇の一族でもよいですな」

「嫌味か。叡山に怨みはなかったぞ」

浅井、朝倉勢を引きこんで、刃向かってきたのがよくなかっただけだ。放っておけば、京と美濃の連絡に支障を来《きた》すのはわかっていた。

だから、焼き払った。それだけだ。

「北には、伊達、上杉もおりますからな。おさえは必要です」

「道楽に付き合ってやりたいが、今日は駄目だ。こっちへ来い」

信長は先に立って、不忍之池に沿うようにしてまわって、谷中《やなか》に入った。根津《ねづ》神社を越えた先で左に曲がって、急坂をのぼっていく。

のぼりきったところに楠《くすのき》があり、そこを左に入っていくと、小屋が建っていた。藁《わら》葺きで、右手方向には小川があった。家の手入れはいまひとつで、壁にはいくつか穴も見てとれた。

信長が小屋にたどり着くと、裏口から豊介が姿を見せた。

「おう、来たか。誘いはしたが、本当にこんなところまで足を運ぶとはな」

豊介は籠《かご》を手にして、ふたりに歩み寄ってきた
「酔狂《すいきょう》な男だ」

「鷹となれば、見過ごすことはできぬ。儂は好きなのでな」

「けっこうなことだ。それで、そっちの坊さんは」

「知りあいだ。鷹にもくわしいし、碁も強い。あの本因坊算砂にも勝ったことがあるのだから、手応えのある相手だぞ」

「そいつはすげえな。打つのが楽しみだ」

豊介が背を向けると、光秀が顔を寄せて、ささやいた。

「嘘はたいがいにしないと」

「よく言う。勝ったのはたしかだろうが」

「あのときは、黒で、十五目も置かせてもらいました。もう三十年近く前の話で、いまなら、そこらの商人にも負けます」

「いいから話を合わせろ。儂は鷹が見たい」

「上さまの鷹好きにも困ったものですな」

信長は鷹狩りが好きで、若いころには、思いたったときに山谷《さんこく》に出て、獲物を狙った。失敗することもあったが、さして気にならなかったのは、鷹とともに、山谷を飛びまわるのが楽しかったからだ。

京では、仲のよい公家や武家を連れて、巨椋池の南で鷹狩りをおこなった。

鷹への興味も強く、逸物《いちもつ》の話を聞くと、役目の合間を縫って見にいった。親交の深い大名から大鷹が送られてくることもあり、気に入れば手元に置いて、狩りに使った。

吉野の山にこもっていたときも、鷹を連れて山道を行き来していた。

本能寺で大怪我をしたにもかかわらず、いまだ自由に動くことができるのは、鷹と生活をともにしていたからだと信長は信じていた。

「江戸に来てからは、縁がなかった。暇潰《ひまつぶ》しにはなろう」

「あんな鷹匠に声をかけずとも」

「いや、あやつはおもしろい。碁の手筋を見ればわかる」

癖がある男こそ、よい鷹を仕上げることができる。それは、あまたの鷹匠と付き合ってきて、信長が学んだ不文律だった。

信長が豊介のあとを追って小屋の後ろにまわると、斜面に沿うようにして、三軒の鷹小屋が並んでいた。

幅は一間、高さは一丈で、嵐窓《あらしまど》のついた板屋根を木の壁と柱が支える構造だ。

壁板は傷んで、戸口に近いところではゆがみも出ていたが、きちんと手入れされていて、荒れている印象はなかった。

出入口の周辺はきれいに掃き清められており、飼育に使う籠もきちんと整理されていた。

「待っていろ」

豊介は右の小屋に入った。何事か声をかけてから、戻ってくる。

「どうだ」

老人の右腕には、鷹がいた。鋭い嘴《くちばし》と美しい瞳が目を惹く。

ほうと光秀が声をあげたのは、鷹の具合がすばらしくよかったからだ。

信長も驚いた。滅多に見ることができない上物だ。

「大鷹か。これはすごいな」

「一郎《いちろう》という。俺が育てた鷹でも五指に入るよ」

鷹は、大きかった。全長は二尺を超えるだろう。肉色《しし》の厚みはすばらしく、絶妙な均衡《きんこう》を保っている。羽毛は美しく輝いていて、精気がみなぎっていた。

眼光は鋭く、野性味がある一方で、頭のよさも感じさせた。

豊介を信頼しているのか、腕に乗ったまま、まったく動かない。視線は正面に固定されている。

「よくも、ここまで育てたものだな。どうやった」

「網掛けで捕まえた。生まれて半年ぐらいだったな。気性の激しい奴で、馴染むまでは時がかかったが、いまはきちんと狩りをしてくれる。慣れた狩り場だったら、勢子《せこ》などいらん。兎《うさぎ》でも雉子《きじ》でも早々に見つけて、一瞬で捕らえる。見事なものだぞ」

豊介が手を振ると、一郎は高く舞いあがった。頭上で大きく旋回すると、信長の頭上に迫る。

信長が餌《え》掛《が》けを取りだし、腕にはめると、それを待っていたかのように鷹は彼の腕に舞いおりた。重みがなんとも心地よい。

「こいつは驚いた」

豊介が目を丸くして、鷹と信長を見つめた。

「一郎がみずからおりるとはな。鼻っ柱の強さは天下一品なのに」

「そのようだな。いい面構《つらがま》えをしている」

「そのままでいろ」

豊介は二番目の鷹小屋から、別の大鷹を連れだした。一郎よりは小ぶりであるが、さっと羽を広げる姿には迫力があった。

「こっちは次郎《じろう》だ。こいつもいい動きをするぞ」

「そのようだな。どうだ、おぬしもやってみては」

信長が声をかけると、光秀は顔をしかめて、首を振った。

もともと光秀は、鷹狩りより連歌《れんが》を好んでおり、信長が誘っても、うまく理由をつけて断ることが多かった。

「もう一羽いるのか」

「ああ」

豊介は次郎を小屋に戻し、三羽目の鷹を連れだしてきた。

大きさは一尺半といったところで、目と嘴が異様に大きく見える。一郎や次郎に比べるとかなり小さく、一見したところ、子どものようである。

しかし、覇気の強さは、前の二羽を凌《しの》ぐ。一郎や次郎が悠然と大空を舞うのであれば、目の前の鷹は空気を切り裂いて一直線に獲物に向かう鋭さを感じさせる。

信長が見つめると、鷹は正面から見つめ返してきた。

「気が強いな。これは隼《はやぶさ》か」

「そうだ。三郎《さぶろう》という」

豊介が腕を振っても、三郎は飛び立とうとしなかった。信長を見たまま動かない。

「まだ幼い。雛《ひな》のとき親に見捨てられ、巣に取り残されていたところを、儂がもらい受けた。狩りはうまくない。じつのところ、覚えが悪い」

「隼は育てるのが難しいと聞いた」

「そのとおりだが、こいつは並の隼とは違う。巣に放っておかれても、泣きもせずにじっとしていた。俺が見つけるのが遅れるぐらいにな。引き取って、鷹小屋で育てるようになってからも、逃げようともせず、さりとて逆らうこともなく、黙って稽古に励んでいる。大物の予感がする」

「逸物《いちもつ》になると」

「おそらくな」

逸物とは、鶴《つる》や雁《がん》といった、自分よりも大きな獲物を狩る鷹を指す。鷹は野生の本能で小さな獲物を狙うことが多く、相手が大きいと、たいていは怯《ひる》んで逃げてしまう。大物に挑む鷹は希少で、逸物を育てあげることが鷹匠の夢と言われている。

「三郎は、相手が誰であれ挑む傾向が強い。それこそ狐や熊《くま》であってもな。きかん気の強さを活かせば、よい鷹になるだろう」

「強すぎると厄介だぞ。逆に痛い目に遭う」

「まったくだ。いまも、ほれ、困ったものよ」

三郎は信長を睨《にら》みつけていた。強烈な眼光は、彼を獲物と認識しているらしく、いまにも飛びかかってきそうだ。

「戻すか。無茶《むちゃ》をされても困る」

豊介は三郎と一郎を鷹小屋に戻すと、ふたりの脇を抜けて、小屋に入った。なにも言われなかったが、信長と光秀はそのあとに続き、豊介が待つ板間に腰をおろした。車座で囲炉裏《いろり》を囲むような格好になり、それが心地よかった。

話を切りだしたのは、信長だった。

「今日はいいものを見せてもらった。礼を言う」

「なんの。たまには人に見てもらわぬとな。鷹の気合いが鈍《にぶ》る」

「知りあいの鷹匠も同じことを言っていた。人に見させて、大空を飛ばせてこそ、本物になるとな」

「いいことを言う。できる奴だな、そいつは」

豊介は笑い、ひとしきり鷹について語る。豊富な知識と経験に裏打ちされた話で、聞いていておもしろかった。光秀ですら身を乗りだして聞いていた。

「おぬしは本物の鷹匠だな。じつによく知っている」

「それは、おぬしもな。鷹が本当に好きだとわかる。いまどき、こんな奴がいるとはな」

「ただ好きなだけだよ」

三人はなおも話を続けた。鷹の善し悪しについての長い論議が終わると、信長は話題を転じた。

「長いことやっているようだが、ずっとここで仕事をしているのか」

「違う。生まれは近江坂本だ。四十年、そこで暮らしていた」

「ほう」

信長が横目で見ると、光秀の瞼《まぶた》がわずかに震えていた。

「親父も鷹匠でな。若いころは京に出て、公家や武家と付き合っていた。頼まれて大鷹を育てたこともあったし、名の通った武将に雇われて、手持ちの鷹の面倒を見たこともあったようだ。そんな縁があったから、俺も武家の鷹をあずかったりした。松永さまとか、朽木《くちき》さまとか。織田さまから話も出ていたんだが、それは立ち消えになったな」

「それは残念だったな。会っていればおもしろかったであろうに」

若いころの豊介がどのようであったか、一度、見てみたかった。

「なのに、どうして江戸に」

「本能寺の騒動があったからだよ」

豊介は膝《ひざ》に手をあててうつむく。

「京での戦いが終わると、兵が押し寄せて、坂本の城を取り囲んだ。合戦にはならなかったが城は焼け落ち、町に雑兵がなだれこんできた。さんざん悪さをして、最後には火をかけられて大変だったよ。町を出たのは、そのすぐあとだ」

「そうか」

坂本は、光秀が手塩《てしお》に掛けて育てた城下町だ。叡山の麓《ふもと》にあり、西近江路の要衝《ようしょう》ということもあって、人の行き来も多かった。京から商人を呼び寄せて、城下を整備し、往時は一万人近い住民がいた。

それも、本能寺の変で城が焼けると一気に寂《さび》れ、いまは寒村である。そのことを光秀は知っている。

ひとけのない町を見て、彼はなにを思ったであろうか。おそらく、それは焼け落ちた安土城を見たときの信長と、同じ気持ちであっただろう。

「しばらく、木曾《きそ》で暮らしていたんだが、いつまでもこのままではと思って、十年前、江戸に出てきた」

豊介は、彼らの気持ちを知ることなく、淡々と先を続けた。

「徳川さまには勢いがあったから、仕事がもらえるだろうと思ってな」

「どうだった」

「最初はよかった。とくに本多さまや榊原さまには、いい鷹をあずかってもらった。お褒めの言葉もいただいたよ。だが、関ヶ原の大戦が終わると、遠国へ行って、付き合いは途絶えてしまった」

「代わりに来た連中もいるだろう。奴らはどうだ」

「話にならねえな。見る目がなくて呆れ返っちまう」

豊介は手を振った。

「鷹の善し悪しどころか、鷹狩りがどういうものかもわかっていない。端《はな》から知ろうともせず、いい鷹を寄越せと言いやがる。本当に馬鹿馬鹿しい」

手厳しいが、気持ちはわかる。

江戸に残ったのは、合戦をあまり知らぬ武士である。内政のとりまとめには長《た》けているものの、胆力に欠けており、悪くはないが、際立って優れたところも感じられない。端的に言えば、頼りにならない。

そのあたりを江戸の町民ですら感じとっているのだから、近江での戦を体験した豊介にわからぬはずはない。

「そんなだから、ここのところやる気が出なくてな。仕事を辞めてしまおうと思っていたんだ。はっきり言ってつまらない」

そこで、豊介は信長を見た。

「だが、おぬしだったらいい。鷹の善し悪しをわかっている。どうだ、引き取っては」

「ありがたい話だが、無理だな。儂は町の片隅で暮らす貧乏侍。とうてい鷹は持ちきれぬ」

「しばらく、うちであずかってもよいが」

「半端はよくない。手元に置くのなら、きちんと対価を払って、そのようにする。駄目なら最初から手を出さない。そこを取り違えると、ろくなことはない」

豊介はしばし信長を見ていたが、やがて大きく息をついた。

「それも、そうだな。そこは、おぬしの言うとおりだ。半端はうまくない」

「すまぬな。気を遣ってもらったのに」

信長は豊介に、やわらかい声で語りかける。

「ただ、目が利く武家を知っている。そやつらに話をしてみよう。わかる奴と話をすれば、少しはやる気も出てこよう」

「どんな奴なんだ」

「ひとりは、いまでこそ茶ノ湯を学んで偉ぶっているが、若いころは血の気たっぷりで、さんざんに悪さしていたよ。親にもさんざん迷惑をかけた。ただ鷹狩りが好きで、若いころには儂も何度か付き合ったことがある」

「上さま、勝手に決めては……」

光秀が口をはさんできたので、信長は軽く手を振っていなした。

「いいのだ。あいつなら喜んでくれる。おまえも手を貸せ」

「またいいかげんなことを」

「いったい、なんの話を……」

豊介の話はそこで途切れた。戸の向こうから、若い女の声が響いてきたからだ。

「おじいちゃん、いるんでしょ」

「なんだ、話の途中だぞ」

「人が来ているよ。例のお武家さま」

「なんだと」

豊介が戸を開けると、若い娘が立っていた。

着物は粗末な麻で、髪は手入れをしていないまま、まっすぐに垂らしている。決して整った顔立ちではなかったが、素朴《そぼく》な風情が好ましく感じられた。

娘は信長たちを見て驚いたようだったが、豊介が事情を説明すると、頭をさげて挨拶した。

「おたまです。おじいちゃんが世話になっています」

愛嬌のある娘で、狷介《けんかい》な豊介と血がつながっているとは、とうてい思えなかった。

「また来たのか」

「あたしが戻ってきたところに出くわして。おじいちゃんは会いませんって言ったのに、しつこくて。まだ帰らないよ」

「鬱陶《うっとう》しい奴らめ。言ってきかせてやる」

豊介は外に出た。すぐに怒鳴り声が聞こえる。

相手はよくわからないが、武家であるようだった。豊介と同じぐらい声を荒らげているのがわかる。

「何者か」

「わかりませぬ。面倒なことにならぬとよいですが」

光秀の顔に影が差した。信長もまた膝に手を置きつつ、激しい罵《のの》りあいに注意を向けた。どうにも心が揺らいだ。

三

「よし。そこでいい。行くぞ」

豊介が三郎を放つと、信長は、餌代わりの鳩《はと》をつかんで大きく振った。

三郎は高く舞いあがったが、すぐに信長を見つけて降下してくる。

あと少しで嘴が届くというところまで迫ったときに、信長が鳩を隠した。

それにあわせて、おたまが鳩を出した。軽く振ると、三郎は飛んでいく。

同じようにあと少しというところまで迫ると、おたまが餌の鳩を隠し、豊介が腰の丸鳩入れから鳩を出して振った。三郎は豊介の餌を狙うが、それも隠されてしまい、信長が差しだした鳩を目指す。

信長、豊介、おたまは、十間の距離を取って、三角形の陣を組んでいた。

三郎は、その頭上を激しく旋回する。

これは上げ鷹仕込みという調教方法で、上空で旋回させて、勢子や鷹犬が追いだした獲物を急降下で捕らえる。

小柄で、速度に長けた隼の実力を最大限に引きだす方法で、尾張でも鷹匠が試しているのを見たことがある。

ただ、隼は行動範囲が広く、調教が難しいため、実際の狩りで上げ鷹仕込みが使われることは少ない。たいていは、抜き打ちで羽合《あわせ》、つまり腕を振って鷹を放るやり方を使う。こちらは調教方法が確立しているうえに、獲物を捕まえる確率も高いので、主《あるじ》が喜ぶという利点がある。鷹匠によっては、上げ鷹仕込みの調教をしないこともある。

豊介のように、丁寧《ていねい》に仕込むのは珍しく、話を聞いたときには驚いた。

三人が何回か繰り返して餌を振ると、三郎は高く飛んで頭上で旋回に入った。

それを見て、豊介が餌の鳩を差しだすと、上空から閃光のように舞いおりて、餌を奪い取った。嬉しそうに高度をとるが、豊介が疑似餌をかざすと、大きく弧を描きながらおりてきて、豊介の腕に止まる。

首を大きく振る仕草が、みずから狩りの成功を祝福しているかのようだ。

「おう、よしよし。よくやったな」

さりげなく、豊介は三郎の身体に触れて褒めた。まったく三郎が動じていないことからも、ふたりの深いつながりが見てとれる。

信長は豊介に歩み寄った。

声をかけたのは、三郎を鷹箱にしまったあとだった。

「たしかに賢いな。動きに無駄がない」

豊介は箱を撫でると、小さく笑った。

「そうだろう。こっちが指示したとおりに動くからな。三郎は頭がよくて、こちらの意図を見抜いて、獲物に向かって飛びこむ。動きにも迷いがない。己がなにをすればよいのかわかっている」

「だが、こちらが舐めた真似をすると、臍《へそ》を曲げる」

「そう。手を抜くと、決して指示に従わない。勝手に飛んで、嫌になるまでおりてこない」

今日も、一度、高く飛んで帰ってこないことがあった。信長が餌を雑に扱ったためで、機嫌を直すまでには半刻を要した。

「扱いにくいが、だからこそおもしろいと言える」

豊介は笑い、おたまに家から足革を持ってくるように言った。腰をおろしたのは、孫娘の姿が見えなくなってからだ。

「きついのか」

「そんなことはねえよ。ちょっと休みたくなっただけだ」

応じる豊介の顔は青ざめていた。呼吸も荒い。

「強がりを言うな。おぬし、身体の具合が悪いな」

「気づかれるとはな。いや、爺同士、見ればわかるか」

豊介は顔をしかめて、胸を押さえた。

「ちょっと、胸が嫌な痛み方をするんだ。咳《せき》もよく出る。おたまにはごまかしているが」

「であるか」

「あいつには言わないでくれ。気を遣わせる。俺の具合が悪いとなれば、あいつは嫁にも行かず、面倒を見ようとするからな。縛りたくねえ」

「いくつなんだ」

「十六。いつ話が来てもおかしくねえ」

豊介は空を見あげた。

西の空に灰色の雲が出て、陽光を遮《さえぎ》っている。そのうち雨が降るかもしれない。

「おたまの親は、三歳のときに死んじまった。山崩れに巻きこまれてな。その日はひどく雨が降ってて、息子と嫁は俺のことを気にして、訪ねてくるつもりだったらしい。よけいなことをしなければよかったのに。仲は悪かったんだから、放っておけばよかったんだ」

　豊介は肩を落として、うなだれた。顔色はひどく悪い。

「俺は、駄目な男なんだよ」

「であろうな。見ればわかる」

「言ってくれる。だが、俺は、本当にいい鷹を育てることができれば、それでよかったんだよ」

　朝から晩まで鷹のことを考えて、食うことと寝ること以外のすべてを注《そそ》いだし、死ぬまで注ぐつもりだったと豊介は語った。

「だから、家の者はさんざんに苦しめたよ。女房を罵ることはしょっちゅうだったし、子どもの相手もまったくしなかった」

　豊介は、木曾に移った理由を、よい鷹を手に入れるためだったと話した。

　たしかに、乱で荒れた坂本では鷹を育てるのは難しいだろうし、京の情勢も悪化していて、武家や公家との付き合いもできなくなっていたが、住処を変えるほどではなかった。

「そのとき、女房は具合を悪くしていて、歩くのですらしんどそうだった。息子は反対したが、俺は押しきった。鷹を育てることしか考えていなかった。実際、木曾にはいい雛がたくさんいたが、女房に見せることはできなかった。木曾に入る前に死んじまったからな」

「…………」

「以来、息子とはほとんどしゃべらなかった。俺の面倒は見てくれたが、それだけよ。嫁も勝手に見つけてきたし、孫娘にも一度しか会わせてくれなかった。近くに住んでいたのに、何か月も顔を合わせなかったよ。嫌っていたのは間違いねえのに。なぜ、あの日、様子を見にこようなんて思ったのか。しかも、女房も連れて」

豊介は、目を手のひらで覆《おお》った。肩が細かく震える。

落ち着くまで、信長は待った。頭上を雲が覆ったが、気にしなかった。

「すまねえな。取り乱しちまって」

「かまわん。誰にでもある」

「ひさしぶりに思いだしたよ。どうしてなのか」

「息子が思いだしてほしいと考えたのだろうさ」

稀《まれ》に信忠の顔が頭をよぎる。

本能寺での争いに巻きこんだのは、信長の責任である。

あのとき、信忠は親子が一緒にいるのは危ないと進言して、自分が先に行って、京の様子を確かめると言っていた。なにか虫が騒いだのかもしれない。

それを無視して、強引に進出したのは信長だ。やむなく信忠も行動をともにしたのであるが、それが最悪の結果につながった。

息子が討ち死にしたと知って、信長は激しく悔いた。取り返しのつかないことをしたという思いが強く残り、それもまた、彼の天下への思いを弱めることになった。

「残されたのは、おたまだけだ。あいつだけは幸せにしてやりてえ。それぐらいのことはしないと、あの世に行ったとき、息子に申しわけが立たねえ」

豊介は目をぬぐうと、大きく息を吐いた。

「いったい、俺がやってきたことは、なんだったんだろうな。鷹に賭けてきたただけで、手元にはなにも残らなかった。ただただ生きてきただけで、なんの役にも立っていねえ。馬鹿馬鹿しいねえ」

「儂も変わらぬよ。時をかけて、大きな物を作りあげたが、最後の最後で失った。

正直、なんのために生きてきたかと思ったよ」

「そうか」

「だがな」

信長はそこで笑って、豊介を見おろした。

「生をやり直したとしても、儂は同じことをする。自分の欲しい物を取りにいく。もっとうまくて賢いやり方で。そして、最後までやり遂げる。それだけよ」

しくじったことは悔いている。だが、自分で考えて、自分ではじめたことは間違っていない。

天下を目指したことは、正しかった。苦しかったし、犠牲も払ったが、それを補ってあまりある楽しさがあった。

大きな夢を見ると、血がたぎる。それはいまでも変わりない。

「そうよな。ほかの生きざまを選ぶことなどありえんな」

豊介は笑って立ちあがった。

「やり直せたら、鷹を育てる。もっと強くて美しい鷹を。すべてを賭けて」

「女房子どもはどうする」

「そっちもかわいがる。どちらも手に入れてみせるわ」

「贅沢《ぜいたく》な話だな。だが、それがいい」

それぐらいの野望があってこそ、人は生きていける。

豊介には、まだ活力がある。終わりにするには、あまりにも早すぎるだろう。

「どれ、家に戻るか。そろそろ飯にしよう」

信長は豊介のあとについて、ゆっくりと歩きだす。

横目で、左の奥に広がる雑木林を見ながら。

先刻から、何者かが彼らを見ている。その気配は剣呑《けんのん》だった。

四

信長と対面したとき、表情が穏やかであったのは、黒田長政から話を聞いていたからであろう。天下普請で、多くの大名が江戸に集まっており、直に話をする機会は多い。

あれからひと月が経っているのだから、知っていて当然とみるべきだろう。

「ひさしぶりだな、与一郎《よいちろう》。息災なようでなによりだ」

「上さまこそ、お元気そうでなによりです。この忠興、嬉しく思います」

「口がうまくなったな。昔は猪武者《いのししむしゃ》でさんざんに父に怒られていたのに。いまや京でも江戸でも、知らぬ者がいない有名大名だ」

からかうような信長の言葉に、武者は硬い表情のまま頭をさげた。

細川忠興は、かつてともに足利義昭《よしあき》を将軍に擁立《ようりつ》した細川幽斎《ゆうさい》の息子だ。

元服したのは天正六年。信忠から偏諱《へんき》を受けている。その後、丹後攻略戦で活躍し、幽斎の丹後半国領有に貢献した。

本能寺の変で信長が倒れると、秀吉に与《くみ》し、九州討伐、小田原征伐に参加して、さらには朝鮮出兵にも加わっている。秀吉の日の本統一を支えた一翼であり、天正十六年には豊臣姓も賜《たまわ》っている。

秀吉の死後は家康に味方し、関ヶ原の戦いで石田三成の手勢と戦った。

戦後、功績が認められて、豊前中津三十三万九千石を与えられ、以前の豊後杵《ぶんごき》築《つき》六万石とあわせて三十九万九千石を領地とする大大名となった。

いまや、徳川政権を支える重鎮だ。その発言力は大きく、将軍秀忠も政の進め方や家臣の扱い方を尋ねることがあるという。土井《どい》利勝《としかつ》はたびたび細川家を訪れ、幕政に関する助言を受けている。

「忙しいところをすまなかったな。わざわざ時間を割いてもらって」

「かまいませぬ。信長さまがお越しとなれば、なにを置いてでもお会いいたします」

「騒がれては面倒なことになるからな。幽斎は息災か」

「はい。京で、好きなようにやっているようで。たまに文がまいります」

「あやつには世話になった」

幽斎は、信長が生きていることを知っている数少ない人物だった。

吉野から京へ出て、かつての知己に見つかったとき、彼がかくまってくれた。噂も打ち消してくれ、そのおかげで京に戻ることができた。その後も何度か顔を合わせている。

「おぬしは、落ち着いて話をしてくれて助かる。長政はまともに話ができるまで、そこそこ時間がかかった」

「父から、それとなく話は聞いておりましたので。まさか、江戸にいるとは思いませんでしたが」

忠興は目を細めた。

「それでご用件は」

「ああ、すまぬ。無駄話が多かったな。じつは、鷹をあずかってほしいと思ってな」

信長は、豊介とその鷹について語った。一郎と次郎のすばらしさには、とくに言葉を用意して、熱く説明した。

「おぬしなら、鷹の善し悪しはわかろう。引き取り手としては申し分ない」

「よい鷹がいるのでしたら、それに越したことはございませぬが」

忠興は首を傾けた。信長の話をうまく受け止められないようだ。何十年も会っていない旧主が姿を見せ、いきなり鷹の話をすれば、困惑するだろう。

「もっと大きな話をしにきたかと思ったか。たとえば、天下の行く末とか」

信長はおおげさに笑ったが、忠興は表情を変えなかった。

「よせ。いまさら天下をどうこうするつもりはない。徳川の世はできあがりつつあり、儂が出ても、ひっくり返すことはできぬ。従う者すらおらぬであろうよ。動くなら、もっと早くに動いていたわ」

「天下には興味がないと」

「いまのところはな。儂は気の向くまま、風の向くままに生きている。それだけよ」

忠興はなおも信長を見ていたが、やがて小さく息を吐いて、肩の力を抜いた。

「ずいぶんと変わられましたな」

忠興の言葉はやわらかかった。

「本能寺の前、お目にかかったときには、いつ斬られるかと怯《おび》えておりました。抜き身の刀と向きあっているようで、気の休まるときがございませんでした」

「あのときはおかしかった。儂も、まわりもな。毒気にあてられ、誰もが敵のように思えていた。いま考えれば、まともではなかったのだな」

あのころの信長は、病的なまでに傲慢で、見えないなにかに怯えていた。

武田を倒して天下に手をかけたという思いに加えて、この先、自分が倒すべき敵勢について考え、さらには、いずれ自分を狙ってくる見えない敵への思いがからまって、正常に物事を考えることができなかった。些細な振る舞いに過剰に反応し、痛烈な罰を与えた。

何人もの家臣を手討ちにし、光秀や秀吉に対しても無茶な要求をした。恐怖を感じていたという忠興の印象は正しい。誰もが同じ思いを抱いていたはずだ。

「あれが天下の重みよ。わかっていれば、なんとかなったが、あのときの儂には支えられなかった。だから、本能寺の騒動が起きた」

「さようですか」

「その点、家康はよくやっている。日の本をまとめあげているのに、平然としているのだからな。いまさらよけいな手出しをしようとは思わぬよ」

「それを聞いて、安心しました。では、鷹の話をもう少しくわしく聞きたいですな」

信長は、豊介の身の上について語り、鷹匠の技量がたしかであると保証した。

「儂も手を貸した。一郎も次郎も間違いなく逸物だ。おもしろいぞ」

「そそられますが、我が家にはすでに鷹がそろっております。ここで増やすのもいかがかなものかと」

「それは、領国の話だろう。江戸でも手元に置いてみろ」

信長は、忠興を煽《あお》った。

「それに家康……大御所さまとやらは鷹が好きで、忍んで鷹狩りに行くと聞いているぞ。よい鷹を見せれば、話の種にもなるだろうし、なんだったら献上してもおもしろい。おぬしの名を高めることにもなろう」

「それほどおっしゃるのでしたら、一度、見てみましょうか。豊介とやらに話を通していただけますか」

「お安い御用だ」

信長が請け負うと、忠興は笑って応じた。

その後、しばしふたりは語りあった。

話題は、秀吉時代のことからはじまって、関ヶ原の戦いに至るまでの経緯、徳川幕府の成り立ちと現状、豊臣家との関係や加藤、福島、浅野といった外様《とざま》武将と家康のかかわりなど極めて多岐にわたった。

訊ねるのはもっぱら信長で、忠興がそれに応じ、必要とあれば質問するという形になった。

「さすがだな。将軍家の信任が厚いというだけのことはある。よく知っている」

「たまたまでございますよ。世の流れにうまく乗っただけでどこかで間違っていたら、石田治部《じぶ》のように首を取られていたでしょう」

「三成か。あれも憐れな男だな。秀吉のために尽くしすぎた」

豊臣政権を盤石にするため足掻《あが》いたが、それがかえって家康に付けいる隙を与えた。傍目《はため》にも無謀な戦いだった。

「厳しい時代でしたな」

忠興は穏やかに語る。

「あのときは、争って領地を広げることがあたりまえだと考えておりました。隙を見せればつけこまれる。敵の足をすくって、その喉笛《のどぶえ》を食いちぎることのみ考えていました。そのまま戦い続け、やがては戦にその命を吸い取られると思っていたのですが、どうもそれは勘違いだったようで」

「ほう」

「こうして穏やかに生きていますと、この暮らしも悪くないと思えるのですよ」

「合戦はこりごりか」

「千万の血を流すことに、なんの意味がありましょうか」

「よく言う」

信長は思いきり口元をゆがめると、立ちあがって忠興の顔を叩いた。

「な、なにを」

「ずいぶんと呆《ほう》けたな、与一郎。すっかり牙を抜かれおって」

「それは、どういうことで」

「そのままの意味だ。馬鹿者め」

信長は語気を強めた。

「戦国の世から遠ざかって、頭は爺になったな。穏やかな暮らしにうつつを抜かし、首に手がかかっているのに気にもしない。合戦の時代が終わったなどと。それは、おぬしの思いこみよ」

「な、なにを」

「日の本をまとめあげ、将軍の世襲で徳川の御世を盤石とした家康が、次になにをすると思うか。決まっている。力を持ちすぎた者を取りのぞくことよ。狡兎《こうと》死して走狗《そうく》烹《に》らるの喩《たと》えのとおり、覇権を取るまでは強い味方が必要であるが、豊臣が砕《くだ》けたいま、もはや、そうした連中は邪魔になるだけ。早々にご退場を願うように仕向けるだけだ。小早川秀秋《ひであき》、武田信吉《のぶよし》がすでに餌食となった。石田に味方としたとはいえ、儂の孫も高野山《こうやさん》に送られた」

　忠興の顔が青くなったのを見て、信長は嘲笑した。

「豊臣がなくなれば、なおさらだ。もっともらしい理由をつけて、転封を命じ、少しでも逆らう気配を見せれば、容赦なく潰していく。これは、立派な合戦ではないか。目に見えないだけの。相手は圧倒的な強さを持つ徳川。そんな相手に、穏やかな暮らしも悪くないとのたまう奴など、またたく間に飲まれてしまうわ」

「手前が老いていると」

「もう幕府は動いていよう。おぬしは見逃してくれても、息子の代になったら、またたく間にやられるぞ。三十九万石とともに、細川家は消えてなくなる」

信長は手を振った。梅雨の湿った空気が、書院に流れこむ。

忠興は汗ばんでいた。その顔は強張《こわば》ったままで、手も固く握《にぎ》られていた。

「では、どうせよと」

「それぐらい、わかっているのではないか。与一郎」

「戦えということでございますか」

「そうよ。向こうが嚙みついてきたら、きっちりやり返す。細川家を潰すのならば、それもよし。その代わり、幕府にも大きな痛手を与える。それこそ屋台骨が揺らぐぐらいのな。べつに、合戦をしろと言っているわけではないぞ」

「普段から戦い続けろと。一方で手を結びつつ、もう一方の手で喉笛を掻き切る機会を探れと」

「そうよ、敵の弱味を探れ。なければ作れ。つついて崩したら、ひとりでもふたりでも味方に引っ張りこみ、内情をつかみ、攻める手立てを整える。向こうが言いがかりをつけてきたら、総力をあげて、弱味を突きつけて、反撃に出る」

信長はさんざん煽《あお》った。忠興がその気になればおもしろい。

「いざとなれば家を潰す覚悟で……いいですな、それは。まさに合戦だ」

忠興は笑った。表情は獰猛であり、これまでの穏やかさは消えていた。戦国武将としての荒々しさを表に出した。

「常に合戦。よいですな。身が引きしまりました」

「おうよ。やってみろ。なんなら儂も手を貸すぞ」

「その際にはぜひ」

その後、ふたりは腹を割って話しあった。これまでのような遠慮はなく、徳川、豊臣家の内情について突っこんで語った。

忠興は、興奮で頰を赤く染めた。

「いいですな、こういう話は。やはり気持ちをゆるめるのはよくないかと」

「であるか」

「腹をくくる意味でも、鷹を手元に置くのも悪くありません。気持ちを引きしめてくれますからな。それで、その鷹匠の住処はどのあたりで」

上野の先であることを告げると、忠興の表情が変わった。

信長がその意を問うと、驚くべき答えが返ってきた。

五

信長は駆けた。全身の筋肉を動かして、細い道を抜けていく。

ここまで無理したのは、本能寺を脱出したとき以来であろうか。五島《ごとう》の沖合いで倭寇《わこう》を相手に戦ったときも、軋《きし》むまで身体を酷使することはなかった。

老骨にはこたえるが、気にしてはいられない。ここは全力だ。

曲がり角を抜けると、豊介の家が見えてきた。

一見したところ、以前と変わらないように見える。

だが、戸口に近づいたところで、血の匂いが漂ってきた。凄《すさ》まじく濃厚だ。

信長が息を切らしながら戸を開けると、娘があおむけに倒れていた。

おたまだ。腹から血を流している。

「おい、大丈夫か。しっかりしろ」

おたまは、うっすらと目を開ける。

「あ、こ、この間の……」

「すぐに手当をする。待っていろ」

「それよりも、おじいちゃんが……奥で……」

おたまが顔を向けたので、信長はおたまを寝かせると、家の裏手にまわった。

逆巻く血の匂いを押しのけて、鷹小屋に近づくと、出入口の前で豊介があおむけになって倒れていた。

胸を袈裟《けさ》に斬られていて、すでに事切れている。

そのかたわらには、鷹の死骸が転がっていた。

一郎と次郎だ。無惨に羽根が切り落とされている。

道に放り投げられていたのは、一郎の首だった。目は開かれたままで、なにが起きたのかわからないという顔をしていた。

信長は唇を嚙みしめた。己の迂闊《うかつ》さを呪いながら。

六

黒い雲が頭上で厚みを増した。湿った風が南から吹き寄せてきて、周囲の草が激しく揺れる。梢が鳴動しているのは、上野の山だった。

天候の悪化を感じとったが、信長は微動だにしなかった。ただ天を見あげている。

「上さま」

背後から声をかけられても、それは同じだ。相手もわかっているのか、気にかけた様子も見せずに、先を続けた。

「おたまですが、命を取り留めました。ひと月もすれば動けるようになるかと」

「であるか」

「ただ、豊介のことを知って、ひどく気落ちしているようですが」

「あの娘には、申しわけないことをした」

「それと細川さまの話、裏が取れました。豊介を手にかけたのは、安藤《あんどう》家の家臣です」

「であるか」

「安藤帯刀《たてわき》は将軍秀忠さまの側近。以前から家臣が鷹を求めて、豊介の家を訪れていたようです。将軍さまに献上するという話があったようで、一郎に目をつけて話をもちかけていました。ですが、豊介は主《あるじ》のご機嫌取りに鷹が使われるのは勘弁ならないと申して、拒んでいたようです。この間、手前どもが来たときの口論もそうだったとか。無礼な振る舞いに、家臣は腹を立てていたようです」

「儂が手伝いにきたときもいたな。遠くから、嫌な目つきで探っていた。あの連中か」

武家が周囲を探っていることに気づいていたが、たいしたことはないと判断して放置した。それが豊介と鷹の死につながった。

「上さまが駆けつけた日には、朝からその家臣どもが訪れていて、激しく言い争ったようです」

光秀は淡々と先を続けた。

「豊介は無礼な振る舞いに我慢できず、おまえたちに譲るぐらいだったら、野に放つと言って、鷹小屋の戸口を開けました。そこで腹を立てた家臣が斬りつけて、豊介は殺されました」

「そのあとで、一郎と次郎も斬り殺したか」

腹が立っていただけではなかろう。

わざわざ翼と首を斬ったのは、家臣たちが楽しんでいたからだ。残忍な振る舞いに、怒りがこみあげる。

信長は、豊介の笑顔を思いだす。偏屈だったが、情愛の深い男だった。

鷹に対する愛情は本物で、一郎、次郎について語るときの顔は、見ているこちらが驚くほど楽しそうだった。こんな形で、人生をへし折られてよい男ではなかった。

「思い知らせてやりますか」

「当然だ。だが、儂らだけでは駄目だ」

「戻ってきますかな」

光秀は天を見あげた。

鷹小屋の前で斬り殺されていたのは、二羽。三郎の姿はなかった。

戸口が開け放たれていたところを見ると、異変を察した豊介が逃がしたのであろう。いまだに戻ってくる気配はない。

隼は大鷹よりも遠くまで飛び、仕込みの最中に帰ってこないことも多い。誇りが高く、自分の道は自分で選ぶのであると言う。

三郎も気位が高く、豊介ですら手を焼いていた。

だからこそ、結びつくつながりもある。

「奴は帰ってくる。かならずな」

信長は、餌掛けをかけた右腕を前に伸ばした。その指に雨があたる。

雨が顔にあたるのを感じて、三郎は大きく右に旋回した。

雲の気配で、天候が崩れるのはわかる。このままでは身体が冷えてしまうので、どこかよい木を見つけて休みたい。

あの日、鷹小屋から飛び立って以来、三郎は広い空を悠々《ゆうゆう》と飛んでいた。これまでと違い、命令する者はいない。好きなように飛んで、好きなときに休めばいい。餌も食べたいときに獲ることができる。

狩りの方法は、一緒にいた人間が仕込んでくれた。巧みなやり方で、兎や鳩の動きを教えてくれた。それに従うだけで、三郎はなんなく獲物を手にすることができた。

三郎は、人間といたときのことを思いだした。ひとりは白い髪で、もうひとりは黒い髪だった。

白髪の男はあれこれ命令してきたが、一緒にいて不快ではなかった。自分のことをよく考えてくれ、なにかと面倒を見てくれた。

獲物を獲ったとき、頭を撫でられるのは、心地よかった。本気で褒めてくれているのがわかって、この次も同じようにしてやろうという気になった。

思ったように空を飛べないのは誇りを傷つけたが、それでも、あの人間と一緒にいることができるのならば、我慢するつもりだった。

それがあの日、突然、終わった。大きな声がして、小屋の出入口が開けられて、三郎は反射的に飛び立った。血の匂いがしたのは、その直後だった。

あの人間が銀色の棒で斬りつけられて、倒れていた。まったく動かない。

そのかたわらでは、仲間の鷹が捕まっていた。羽を切り飛ばされて、激しく鳴き叫ぶ。

三郎は一度だけ舞いおりて、仲間を助けようとしたが、銀色の棒に追い払われてしまった。近づくことはできなかった。

三郎は逃げて、自由に飛んだ。

このままの生活が続くのも悪くはないと思った。

しかし、その一方で、声がした。頭の片隅で、それは違うとなにかが語りかけていた。

よくわからないまま、三郎は大きく右に曲がって、高度を落とした。

見慣れた情景が広がる。浅い谷やゆるやかな丘を見ながら、何度も舞いあがって、獲物を追っていた。

三郎は、風に逆らって斜面の小屋に近づくと、視線を落とす。

誰かが小屋の前に立っていた。腕を高くあげている。

視界が煙《けむ》っているのに、よく見える。

そう。炎だ。内側から燃え立つ火の輝きが、三郎を惹きつける。

あれだ。あれこそ自分の求めていたものだ。

自分は行かねばならない。やるべきことをやるために。

抗《あらが》うことのできない強い思いに引かれるようにして、三郎は男の頭上で大きくまわり、男の腕に舞いおりた。

「来たな、三郎。では、やるとするか」

三郎は声をあげた。それは宣戦布告の雄叫びだった。

七

偉そうにするなと光秀から言われていたので、信長はあえて腰をかがめ、離れた場所から様子をうかがっていた。

問題ないはずであったが、忠興は信長をやたらと気にして、こちらを見ていた。

声をかけようとして、きわどいところでおさえる。その繰り返しである。

かえって怪しく見えると思ったところで、ようやく今日の客が姿を見せた。

「遅れて申しわけありませぬ。今日はよろしくお願いします」

頭をさげたのは、茶の小袖に灰色の袴という武家だった。厳《いか》つい顔立ちで、髷の結い方も荒々しい。刀は大太刀で、脇差も打刀を思わせる長さだった。

「安藤家家臣、瀬尾《せお》勇三郎《ゆうざぶろう》と申します。こちらは、同じく生田庄兵衛《いくたしょうべえ》に、松下伊三郎《まつしたいさぶろう》。本日は、細川さまの鷹狩りにお招きいただき、言葉もありません」

「よい。おぬしらは鷹に並々ならぬ思いがあると聞いている。ならば、自慢の一羽を見てもらうと思ってな」

細川忠興は、鷹揚《おうよう》に応じた。普段と変わりないようであるが、後ろから見ていると、わずかに緊張していることがわかる。

気にせずやれ、と言っておいたのだが。

「さっそく見せよう。の……信介《のぶすけ》、来るがよい」

「ははっ」

信長は頭をさげると、忠興を追い越して、前に出た。

腕には鷹がずっと止まったままだ。ただ一直線に、安藤家の三人を見ている。

「これにて」

「これはすばらしい」

歩み寄ってきたのは、瀬尾だった。

目の前まで来て、毛並みを確かめようとしたところで、鷹が鳴き声をあげた。

顔を前に突きだし、嘴でつつく仕草を見せる。

「な、なんだ、こやつは」

「おっと、すみませぬ」

「危ないではないか。きちんと仕込んでいるのか」

「もちろんで。よい鷹でございますよ」

「だが、儂を狙った。無礼者め」

瀬尾が睨みつけてきたので、信長は声を強めて言い返した。

「敵《かたき》を目の前にして、血が高ぶっているのですよ。瀬尾さま」

「なんだと」

「この鷹に見覚えがございませんか。あの日、お三方の前から飛び去った一羽でございますよ」

瀬尾の表情が変わった。他のふたりも大きく息を呑む。

「おぬしら、言うことをきかぬことに腹を立てて、鷹匠とその孫娘を斬ったな」

忠興は信長の横に立って、三人を睨みつける。

「それだけでなく、鷹匠が手塩にかけて育てた二羽の鷹も無惨に殺した。よくもそんなことができたものだ。いい鷹を献上して歓心を買おうとしたのであろうが、うまくいかなかった腹いせに、人を殺《あや》め、鷹を斬り捨てるとは。性根が腐りきっている。恥を知るがいい」

三人の顔色は、青を通り越して白くなった。

事件があった直後、信長は光秀と忠興を動かして、事件の真相を調べあげた。

豊介を殺めたのは、瀬尾、生田、松下の三人だった。豊介の小屋に通っていたものの、その態度の悪さから嫌われており、何度も追い返されていた。

腹を立てた三人は、さんざんに豊介を罵り、いつか斬り捨ててやると放言していた。それを聞きつけた細川家の家臣が忠興に報告しており、当主の安藤帯刀と話をするつもりであったが、その前に今回の事件が起きてしまった。

最悪の結果に忠興は衝撃を受け、信長に協力すると約束した。

実際、彼は家臣を動かして、下手人を特定したうえに、鷹狩りに招待という名目を立てて、三人を谷中の下屋敷に呼びだした。

信長は忠興の鷹匠という名目で同行し、ついに三人と対峙した。

彼の腕に留まるのは、三郎である。凄まじい眼光で瀬尾を睨んでいる。

「安藤帯刀殿とは話をした。罪なき鷹匠を殺すなど、あってはならぬこと。その罪は手前が裁くところなれど、敵を討ちたいという方がおるのであれば、その方にまかせると言われ、この忠興にすべてをゆだねられた。お言葉に甘えて、やりたいようにやらせてもらうことにしよう。その命、ここでいただく」

忠興の家臣が抜刀すると、三人は息を呑んでさがった。

「ただ、我にも情けがある。この場から逃げきったら、無理には追わず、見逃してやろう。どこぞへでも行くがよい」

「ここから逃げられればと」

瀬尾が周囲を見まわした。忠興の家臣は間合いを詰めていた。

「ああ、違う。相手は、細川の者ではないぞ」

信長が腰をかがめた。

「この三郎だ。こやつから逃げることができたら、許してやろう。敵持ちだからな」

「なんだと、そんな畜生相手に……」

「だったら、やってみろ」

信長が羽合《あわせ》ると、三郎は一直線に飛んで、生田の顔に爪を立てた。激しく引っ掻いて、目を潰す。

悲鳴があがった。

瀬尾と松下が抜刀すると、三郎は高度を取って、上空で大きく旋回した。

仕込みのときと、まったく同じ動きだ。豊介の教えは三郎の血肉となり、確実に目標を絞りこんでいく。

ふたりの顔は強張っていた。あきらかに怯えている。

逃げ道を求めて、松下が左右を見まわしたとき、三郎は宙を切り裂いて降下し、頭に激しく爪を立てた。絶叫して松下が刀を振りまわすも、かすりもしない。

その様子を見て、瀬尾が間合いを詰めた。強烈な一撃を、上段から放つ。

切っ先が翼を切り裂く寸前、三郎は舞いあがった。

目標を失った瀬尾の一撃は、なんと松下の肩を切り裂いた。

血飛沫《ちしぶき》が舞って、なぜという目で相手を見ながら、松下は崩れ落ちる。

瀬尾は動揺して、その場に立ち尽くす。

その隙を見逃さず、三郎は横合いから迫り、その顔を爪で切り裂いた。

よろめいたところで、今度は目に爪を立てる。

顔が真っ赤に染まると、三郎は高く舞いあがって、信長を見た。

合図を送ってくるとは生意気であるが、それがなんとも心地よい。

信長は長谷部を抜いて駆け寄り、瀬尾の首筋を斬り裂いた。

鮮血が吹きだし、声にならない声をあげて、瀬尾はあおむけに倒れた。

「ざまを見たか」

信長は吠えた。その顔は返り血で真っ赤だ。

その上空で三郎が声をあげる。

それは、さながら勝ち鬨《どき》のように、梅雨が終わろうとする江戸の大地に高々と響きわたった。

第四話　不義の子

一

水無月の強い日差しを頭上に感じながら、信長は釣り糸を垂れていた。

今年は夏の訪れが早く、五月の終わりから強い日差しの日々が続いた。雨の日は少なく、六月の頭には夏の日差しが江戸の大地を照りつけていた。

あまりの暑さに、隠居とおぼしき老人は顔をしかめて空を見あげ、道三堀《どうさんぼり》から走ってきた魚売りは、日射しと魚の具合を交互に確かめながら、商売にいそしむほどだ。

信長は、暑さが苦手だった。とりわけ京の夏が苦痛で、十日も滞在していると、苛立《いらだ》って周囲にあたりちらしたほどだった。湿った空気がまとわりついて、体調を崩すこともあり、太陽がのぼるのを憎々しげに睨んでいたものだ。

それに比べれば江戸は海に近く、涼しい風が吹きこんでくるが、それでも日中は汗が止まらなくなるほどには暑い。家にこもっていると、気分がよくない。やむなく大川端まで釣りに出かけたのであるが、まわりに遮《さえぎ》るものがないせいか、いつもより暑さを感じた。

魚が釣れないのも腹立たしい。

光秀によれば、鮒《ふな》が入れ食いとのことだったが、一刻も同じ場所で糸を垂れているのに、まったく反応がなかった。

「あやつ、わざと釣れない場所を教えたのか」

天海と名乗って江戸幕府の運営にかかわっていることがいかにも生意気で、無理難題を押しつけすぎたのがまずかったのかもしれない。からかうにしても、もう少しうまいやり方をするべきだったか。

「蘭奢待《らんじゃたい》のことを持ちだしたのは、迂闊《うかつ》であったかなあ」

信長が竿をあげた。獲物はかかっておらず、餌《えさ》の落ちた針が虚《むな》しく輝く。

「阿呆《あほ》くさい。やっていられるか」

信長は竿《さお》を放りだして、その場に横になった。

正面の空には、雲ひとつない。視界の隅々まで美しい青さが広がり、世界を覆《おお》い尽くそうとしている。

以前、京で、若い絵師がこの青さを表現するにはどうすればいいのか、ひどく考えこんでいた。信長が声をかけても反応しないほどで、まわりの者があわてていた。本能寺の変がなければ、次の日の朝に話をする予定になっていたが、今頃はどうしているだろうか。

二十四年という歳月は、あまりにも長すぎた。

魚の跳ねる音と同時に、信長は跳ね起きた。それは、魚の動きが気になったからではなく、別の音を聞き取ったからだ。

声が聞こえる。さして離れていない。

「いいかげんにせぬか。もう戻るつもりはない」

ふと視線を向けると、子どもが声を張りあげていた。年は十歳ぐらいだろうか。紫苑《しおん》色の小袖《こそで》に、濃紺の袴《はかま》という格好で前髪はまだ落としていないこともあり、顔には幼さが見てとれる。

着物はよい品だったが、袖と裾《すそ》は深く斬られていて、風が吹くたびにその跡が大きく揺れていた。

「殺されるとわかっていて、誰がついていくものか。いっそ野垂れ死にするわ」

物騒な言葉に、俄然《がぜん》、信長は興味を惹かれた。

信長が見ている前で、武士が、子どもの行く手を遮《さえぎ》った。数は三人で、ひとりがすでに刀を抜いている。

「よせと申しているのに」

武士が手を伸ばしたところで、子どもが払う。すぐに刀を手にした武士が歩み寄って、その切っ先を頭に向ける。

「よさんか。みっともない」

信長が声をかけると、三人の侍は雷に打たれたかのように背筋を伸ばし、彼を見つめた。顔は強張《こわば》り、目は大きく開かれる。

見られて困るのはわかるが、そこまで表情を変えるほどか。驚きすぎだろう。

「子どもひとりを大人で取り囲むとは。とても褒められたものではないぞ。いったい、なんのつもりか」

信長が歩み寄ると、子どもはぱっと駆けだし、彼のかたわらに立った。

「ちょうどいい。我を助けよ」

「なんだと」

「狙われているのだ。なんとかしてくれ」

「よく言う。それが物を頼むときの言い草か」

「聞かずともかまわぬが、このままだと殺されるぞ」

子どもが話している間に、三人は信長を取り囲んだ。

「おかしな話だ。辻斬りは珍しくないが、白昼、問答無用で斬りかかってくる馬鹿は見たことがない。おぬしら、どこの家中だ」

返事はない。ただ殺気を高めるだけだ。

それもよし。浪人とみなして、遠慮なく相手をしよう。

信長が長谷部に手をかけると、右の侍が刀を振りあげた。

凄《すさ》まじい剣戟《けんげき》で、長く修行を積んでいることがわかる。

信長はみずから踏みこみ、抜き打ちで、その胴を薙ぎ払った。

太刀がわずかに肩をかすめたところで、相手の武士はあおむけに倒れた。

息を呑む音とともに、残ったふたりが同時に迫ってくる。右と左だ。

殺気を叩きつけられて、信長は思わず笑う。

桶狭間の合戦を思いだす。今川の本陣では殺気に満ちた鎧《よろい》武者がいっせいに襲いかかってきて、信長もみずから太刀を抜いて戦った。あの緊張感と高揚感は、胸の奥に深く刻みこまれている。

十人に囲まれたことを考えれば、たかがふたりの相手、どうということはない。

信長は右の武士が前に出すぎていることを見抜いて、間合いを詰めた。

横薙ぎの一撃をかわしたところで、逆袈裟《ぎやくげさ》で長谷部を振るう。

脇腹から肩まで斬られて、武家はよろめく。

そこに左の武家が来たので、信長は斬った敵の背後にまわると、ためらうことなくその身体を突き飛ばした。

武家はかわしきれず、ぶつかって体勢を崩す。

それを狙って、信長は喉《のど》を深く突き刺すと、小さくうめいて、武家はその場に崩れ落ちた。その身体が動くことはなかった。

子どもは目を丸くして、信長を見ていた。

「おぬし……強いのだな。あっという間ではないか」

「慣れている。もっとも、ここまでの礼儀知らずには、滅多に会わぬが」

「おかげで助かった。これでひと息つくことができる」

子どもは信長に背を向け、ゆっくり歩きだした。

「おい、こら、どこへ行く」

「決まっている。おぬしの屋敷だ。我は休みたい。ほら、案内せい」

信長はなにも言えず、ただ土手から立ち去ろうとする子どもの姿を見ていた。

二

光秀は事の顚末《てんまつ》を聞くと、大きく息を吐きだした。

「なるほど、それで、そのまま子どもを引き取ったと。いい話ですな」

「そのつもりはなかったが、居着いてしまったのであるからしかたがない。放りだして、野犬の餌にするのは心苦しい」

「斬り殺されても困りますからな。懸命な見立てかと」

憎形の光秀は、淡々と応じた。わずかにさがった目尻から、この状況を楽しんでいることがわかる。

「嫌味な奴だ」

「いえいえ、上さまに比べれば、かわいいものですよ。昔、よくいじめられましたから」

「二十年も前のことを持ちだして、よく言うわ。それが嫌味だというのだ」

信長は横を向いた。

大川端での騒動から五日が経ったところで、光秀が姿を見せ、事の次第を尋ねてきた。騒ぎにならぬように死体の始末を頼んだことから、信長がやらかしたことは彼の耳に入っているだろう。手間をかけさせた以上、話をしないわけにはいかない。

「面倒だと顔に書いてありますぞ」

光秀の声は、穏やかなままだった。

「二十年前だったら、一方的に命じるだけで済んだでしょうな。ああ、たしかに、京で公家の押領《おうりょう》を片付けたときには、なんとかしろのひとことでしたな。あれはなかなか大変でした。文句を言う輩《やから》ばかりで」

「おかげで、公家との縁ができただろうが。まったく、こんなことなら、きっちり天下を取っておけばよかったわ。ああせい、こうせい、で済んだのにな」

「しがらみも多いですぞ。家康殿は苦労しております」

「己の罪だ」

日の本をまとめる重圧はさぞ重いだろうが、それも自分で望んでのことだ。重みで潰されるのが先か、それとも寿命が尽きるのが先か。どちらにしても、いまの信長にしてみれば、おもしろい生き方ではない。

「して、その子の名は？」

「鶴千代《つるちよ》と名乗った。年は十歳とのことだ」

「どこの生まれですか」

「わからん。素性については自分も知らぬらしい。ただ口ぶりからして、いいところの生まれではあろう。なにせ儂にも大きな口を叩いたぐらいだからな」

鶴千代は、人に命じることに慣れていた。間違いなく武家、しかも大名か、それに近い家の生まれであろう。

信長は息をつく。

ふたりが話をしているのは信長の住処で、彼方から波の音が聞こえる。湿気はあったが、それよりは海の空気が持つ冷たさが心地よい。

七月に入り、暑さは本格化しているのだから、なおさらである。

人夫の声が海辺から響いてくる。今日は上方《かみがた》からの船が入り、下《くだ》り物がいっせいに陸揚げされている。

城の普請は六月でひと区切りとなったが、大名屋敷の建て直しや町屋の整備がなおも続き、人夫の数は増え続けている。竹町の裏長屋にも住みこみを申し出る者が殺到していたし、みはしにも客が押し寄せて、おあやのみならず、おみちまでも駆けずりまわる日々だった。

この流れが途切れるのはいつのことか。

あるいは、このまま留《とど》まることなく集まり続け、本当の意味で江戸が日の本の中心になるのかもしれない。

「早々に身元を確かめませぬと、厄介なことになりましょう」

白湯《さゆ》をすすると、光秀は話を切りだした。

「白昼、子どもを狙うような連中が、黙って様子を見ているとはかぎりませぬ。ここにかくまっていることがわかれば、すぐにでも仕掛けてきますぞ。その前に手を打ちませぬと」

「そう簡単にはいかぬ。相手は手強い」

「腕が立つと」

「それとは違う。別の意味で、力があるというか……」

そこで信長は口を閉ざした。階段をあがって、鶴千代が姿を見せたからだ。

「ああ、客人だったか。すまぬな」

「かまわんよ。ちょうどおぬしの話をしていたところだった」

信長が座るように命じると、鶴千代は窓に近い一角に腰をおろした。

裏葉柳《うらはやなぎ》の小袖がよく似合っている。顔立ちが幼くて、前髪も落としていないことから、涼しげな印象が強い。それでいて十歳という年齢よりは大人びて見えるのだから、おもしろい。

生意気に思える振る舞いも、不思議なぐらい嫌味がなく、鶴千代の身体に馴染んでいる。これまで周囲から敬《うやま》われていたことは、容易に想像がつく。

「おぬし、生国は知らぬのだな」

「ああ。まわりの者は話してくれなかった。父親についても、なにも知らぬ。聞いてもはぐらかされてしまった」

「母親はどうした？」

「四年前に死んだ。もともと身体が弱かった。風邪を引いてあっさりと」

鶴千代の表情が翳《かげ》り、目元には年相応の幼さが漂《ただよ》う。

「それで、そのまま暮らしていたのか」

「ああ」

「おかしくなったのは、いつからだ」

「半年前だ。人の出入りが増えて、まわりが知らぬ顔ばかりになった。下男、下女も入れ替わって、我をつけまわすようになった。気になったが、とりあえず放っておいたところ、昨日になっていきなり父に会わせると言いだした。言われるままに船に乗ると、刃物で脅され、途中で突き落とされそうになった。かろうじて大川端に逃げたところで、おぬしと出会ったわけだ。そこだけは運がよかった」

鶴千代は笑った。表情からでは内面をうかがうことはできない。

「父親と会わせるというのは嘘だったのか」

「わからぬ。いまとなっては確かめようもない」

「では、おぬしの身元はわからぬままか」

そこで光秀が口をはさんだ。

「なにか、手元に証しとなるようなものはないのか。書状でも覚え書きでも」

鶴千代は首を振って応じた。

「ない。大事なことは、いつでも口伝えだった」

「証拠を残したくなかったのであろう。徹底しているな」

信長は腕を組んだ。どうにもおかしい。

鶴千代が身分の高い人物の子どもで、周囲にかしずかれて生きてきたことは想像がついた。それでも、文字に残さず徹底して正体を完全に隠すのは異様だ。

「どうもおかしいな。裏があることは間違いないのだが」

「同感です。ここまで隠してきたのに、いきなり殺そうとするのも引っ掛かります。大きななにかが動いて……」

そこで光秀は、鶴千代の頭に手を伸ばした。

「髪がおかしいですな。光って見える」

「母上に言われたとおりに、手入れをしているぞ」

「ちょっと見せてほしい」

光秀は髪を撫でた。

「こ、これは……」

「どうした」

光秀は、信長に自分の指を見せた。

「まさか、これは……」

信長も手を伸ばして、鶴千代の頭を撫でる。ざらつきが指先に残る。

思わぬ事態に、信長は唸った。

「なるほど、これでは狙われて当然か」

「むしろ、いままで生かされていたのが不思議かもしれませぬ。どういう理由《わけ》があったのか」

「これは厄介だぞ」

あらためて信長は、鶴千代を見つめた。

「おぬしは、この先も狙われる。命を奪われるまでな」

「この髪のせいか」

「そうであるとも言える。だが、そもそもの出自がうまくないのであろう」

「そうか。迷惑をかけてすまぬ」

鶴千代は頭をさげた。聡明な彼のことだから、自分の置かれた立場は理解しているだろう。それが自分の身体的な特徴と関係していることも。

動揺した様子も見せず、落ち着いているのは見事としか言いようがない。よほど、よい教育を受けたのか。

「おぬしを育てたのは誰だ」

「わからぬ。入れ替わり立ち替わりだったからな。ただ、怖い爺さまがいて、その者が差配したのは覚えている」

「であるか」

「ひどく瘦《や》せていた。我ともよく話をした。厳しいが、よい話をしてくれた」

鶴千代は信長を見つめて、もう一度、頭をさげた。

「なにもわからぬままに殺されるのは、業腹《ごうはら》だ。せめて、追われる理由《わけ》は知りたい。すまぬが、もう少し手を貸してもらえぬだろうか。たいして礼はできぬが」

「それは、やるさ。というか、いまさら逃げられぬ」

信長は座敷から通りを見おろした。

向かいの履物屋に見慣れぬ武士がいて、信長の住処を見ている。その先の小間物屋には鋭い目線の浪人がおり、仲間とおぼしき行商人と話をしていた。

鋳掛《いかけ》屋のふりをした男も、通りを行き来して、様子をうかがっている。

すでに、鶴千代の居場所は特定されているようだ。あの争いがあってから、まだ五日しか経っていないのに、見張りがつくのは驚きである。

「腹をくったほうがよさそうだな」

もう逃げることはできない。ならば、戦うだけだ。

「まったく、この世はおもしろい」

思いどおりにならず、振りまわされてばかりだが、それがいい。

信長は笑って、鶴千代と光秀を見やった。

三

翌日、信長は、鶴千代をおとみにあずけ、下総《しもうさ》の本行徳《ほんぎょうとく》に向かった。鶴千代の話から、住処がそこではないかと見当をつけてのことである。

供をするのは光秀である。

誘うと、彼は不平も言わずについてきた。事が重大であると考えているのであろうが、それでも珍しいことだった。

本行徳村は、下総国葛飾郡の海沿いに位置し、室町の御世から交通の要衝《ようしょう》として知られていた。この村から江戸川に沿って伸びる道は、木下街道と呼ばれ、利根川で運んだ荷物を江戸に届けるために使われる。

江戸との連絡は川船を使っておこなわれており、小名木四郎兵衛《おなぎしろべえ》の指示で開削《かいさく》した小名木川は江戸と行徳を結ぶ重要な水の道になっている。

塩田があることでも知られており、家康が関八州を与えられたとき、開発を進めて収穫量を大幅に増やしている。

信長が訪れたときは、雨のあがったあとで、強い日差しと息が詰まりそうな湿気に覆《おお》われていた。海からの風は熱く、容赦なく熱気を顔に叩きつけてくる。汗が止まることなく流れて、信長は不快だった。面倒になって、途中から探索役を光秀に押しつけたほどだ。

正午をまわるころには、ふたりとも疲れ果て、寺の茶屋で休んでいた。

「思ったより話は聞けましたな。鶴千代は、やはり目立っていたのでしょう」

「ああ。住処があきらかになって助かった」

鶴千代は、妙覚寺《みょうかくじ》の裏手に屋敷をかまえて暮らしていた。かなりの広さで、多くの男女が住みこみで働いていたようだ。武家の出入りも多く、村人は大名の隠居所だと考えていたらしい。

よく村に出て農民とも話をしていたので、その振る舞いを覚えている者も多かった。最近、姿を見かけないことも気にしていた。

「屋敷に、もう人は住んでいないようです。そっちは調べても無駄かと」

「鶴千代を移すのと同時に、屋敷は閉めたか。探られるのが嫌だったのか」

「なにか考えがあってのことかもしれません」

光秀は白湯をすすった。

「いずれにせよ、屋敷をかまえ、お付きの者を雇える者は限られています」

「並の旗本には無理だな。大名、それも途方もなく大きい家だな」

「鶴千代が大名の子息だと。しかし、それにしては……」

「ああ、放っておくのは妙だな」

大名が、子どもを江戸の郊外に留《とど》めて育てる。そこには、やはり無理があった。家の事情で隠すにしても、幕府に睨まれれば面倒なことになるはずで、江戸に近い行徳の地に留めておく理由がわからない。

「いまになって命を狙われるのもわかりません。御家騒動にしては奇妙。まだ裏がありそうですな」

「であるか」

信長は大きく息をついた。ようやく太陽が雲の陰に入って、気温が落ちる。

「どうする。もう少し調べるか」

「まずは、鶴千代の正体をはっきりさせるべきかと」

「武家がかかわっていることは間違いない。相当に名がある一族だが」

「鶴千代は、武家が出入りしていたと言っていました。まずは、その身元をあきらかにしたいですな。その線をたどれば、手掛かりも見えてきましょう」

「親はどうだ。たしか、母親は四年前に死んだのだったな」

「寺で話を聞いてみましょう。人となりぐらいはつかめるやもしれませぬ」

「やれやれ。この暑さのなか、また働くのか。面倒な」

ふたりは同時に立ちあがって、茶屋を出た。強烈な熱波を浴びながら、せまい道を抜けて、寺の裏手にまわる。

背の高い草が周囲に広がる。水の香りがするのは、近くに池があるせいか。ひとけは少なく、田畑も村の周囲にしかない。人の手が触れていない原野が、果てしなく広がる。空も青さを増したように思える。

懐かしい光景だ。尾張も美濃も、少し城から離れれば、高い草の大地だった。

信長は小川に沿って村に向かう。その足が中途で止まる。

「来たようだ」

「そのようで」

光秀が振り向いたところで、急激に殺気が高まった。

草むらを突き抜けて、なにかが迫ってくる。

刺客と思えなかったのは、その気配が尋常ではなかったからだ。

狼か、熊か。途方もなく異様だった。

信長が長谷部を抜くと、気配は急速に方向を変えた。一度、大きく離れたと思ったら、凄《すさ》まじい咆哮《ほうこう》とともに右からまわりこんでくる。

草が飛び散って、気配が高く跳ぶ。

泥だらけの男が、刀を振りおろしてくる。

刀身が三尺を超える太刀で、勢いは凄まじい。

信長は横に跳んでかわす。

しかし、その先端が袖をかすめ、思わずよろめいた。

「人か。信じられん」

続けて、刺客は横薙ぎの一撃を放つ。

さがってかわすも、信長は踏ん張りがきかず、思わず膝《ひざ》をつく。

「上さま」

光秀が仕込み刀で横から攻める。

隙《すき》を突いたように見えたが、刺客は腕だけで大太刀を振るって、払いのけてしまった。

さがった光秀の顔が大きくゆがむ。

「なんだ、この化物は」

信長の目の前に立つのは、六尺を越える大男だった。

髭《ひげ》も髪も伸び放題で、小袖も袴も本来の色がわからないぐらいに汚れている。顔は泥で黒く染まっていて、白目だけが異様に輝いて見えた。

臭気が凄まじいのは、男が獣に近い存在であるからだろう。

「おぬし、何者だ」

男の口は動かない。声が届いていないのか、それとも理解できないのか。

「立ち合いならば、名乗るのは当然であろう。この卑怯者め」

信長はあえて挑発した。

先刻の剣戟から見て、まともな勝負ではかなわない。少しでも感情を高ぶらせ、無茶をさせ、そこに隙を見いだすよりなかった。

男はじっと信長を見つめた。その口が動く。

「新免玄信《しんめんはるのぶ》」

「知らぬな。どこの家中だ」

玄信は応じず、一直線に信長を睨みつける。

気配が揺らめいた瞬間、その巨体は彼の前に立っていた。

凄まじい一撃が襲う。

信長はさがってかわしたが、その切っ先はかたわらの枯れ木を叩き、中央からへし折った。

「なんという馬鹿力だ」

信長は玄信の動きを見ながら、左へ動きながら間合いを取った。

風が吹き、草が揺れる。

雲が日射しを隠したところで、玄信が跳ねる。信長が開いた距離を一瞬にして詰め、気づいたときには頭上から大太刀が迫っていた。

払いのけることができたのは、幸運だったからだ。刀が長谷部でなければ、折れていた。

「こっちだ。来い」

信長は原野を駆ける。水の匂いを感じながら、ふたたび玄信との距離を取っていく。

足を止めたのは、雲の隙間から太陽が姿を見せたときだった。強烈な日光が、追う者と追われる者を焼く。

玄信は、右に左に跳ねながら迫ってきた。

逃がさぬように、策を講じている。こちらの動きを見て対応するあたり、頭も少しはまわるらしい。だが、それだけだ。

信長が身体をかがめると、巨体がふたたび舞った。体重を乗せた一撃が迫る。

きわどいところで、信長はかわして横に出ると、着地した玄信の足を払う。

よろめいたところを狙って、さらに背中を蹴飛ばすと、野獣の刺客《しかく》は耐えきれず前のめりに転がって、そのまま信長の背後にあった池に落ちた。

信長が水の匂いを感じながら動いたのは、このためだった。足を止めたところで、背後に池があることはわかっていた。

上からのぞきこむと、玄信が水面に顔を出したところだった。

「悪いな。いまは殺《や》られるわけにはいかんのだ」

信長が笑うと、玄信は刀を放り投げた。凄まじい速さで、危うく頭にあたるところだった。

「やっていられるか。逃げるぞ」

光秀をともなって、信長は後退する。その表情は渋かった。

四

座敷に信長が腰をおろすと、黒田長政は口元を過剰に引きしめ、細川忠興は目尻をわずかにつりあげた。

事態が切迫しているのを感じとったのであろうが、緊張の度合いが強すぎる。どういうことなのか。

「そんな顔をするな。狙われているのは、おぬしたちではない」

信長は珍しく気を遣って、声の調子を落とした。

「おぬしらとは、先だって顔を合わせた。話もしたから、儂が幽霊でないことはわかっていよう。十兵衛とはもっと顔を合わせているはずだ。知らぬ仲ではないのだから、もう少し気楽にするがよい」

諭《さと》したが、長政も忠興も表情は強張《こわば》ったままだった。笑いも出ない。

一方、光秀はいつもと同じ穏やかな表情で、用意された白湯をすすっている。

四人が顔を合わせているのは、大名小路の一角にある細川家上屋敷だった。奥座敷で、人払いが容易にできるように工夫されている。

十畳の畳敷きで、調度は壺と掛け軸のみ。殺風景とも言ってよい部屋だった。

そこで四人は、車座になって話をしていた。

鶴千代の件で協力を求めるため、信長が声をかけたのである。

化物を相手にするには、策がいる。竹町のねぐらに突っこんでこられたら、それで終わりなわけで、最悪の事態に陥《おちい》る前に忠興か長政にかくまってもらおうと思って話を持ちかけたのである。

まさかふたり一緒に、しかも文を出してからわずか三日後に逢えるとは思わなかったので驚いたが、信長は言われるがままに光秀とともに忠興の邸宅を訪れたのであった。

「この四人が集まるのも奇縁であるな」

信長は三人を見て笑った。

「因縁がありすぎる」

かつて信長は、長政を見捨てた。父親の官兵衛が裏切ったと考えて。

一方、忠興は光秀を見捨てた。本能寺の変で味方になってほしいと願われたとき、信長の喪に服するという理由で、手勢を動かさなかった。娘のたまが忠興の嫁に行っていたにもかかわらず。結果として、それが光秀の敗北につながった。

信長と光秀は轡《くつわ》を並べて戦ったものの、最後は刃を交える仲となった。

長政と忠興は関ケ原の戦いでともに戦ったが、領地と年貢をめぐって問題を抱えている。

四人とも深い縁《えにし》のある相手で、あらためて顔を合わせるのは不思議だった。

「十兵衛、なにか言いたいことはあるか」

信長がうながすと、光秀は淡々と応じる。

「離合集散《りごうしゅうさん》は戦国のならい。手前も細川家もすべきことをしたまで。とやかく言うつもりはございませぬ」

「とはいうものの、話に聞いたかぎりでは、あのとき細川家が動かなかったのは異様であったな。なにか裏があったか」

信長の問いに、光秀も忠興も無言で応じた。それは、信長の知らぬなにかがあったことを如実に示している。

しばし、沈黙が広がる。それを破ったのは忠興だった。

「たまのことは、申しわけなく思っています。手前がもう少し手を尽くしていれば」

忠興が頭をさげると、光秀は手を振った。

「それもよい。あれも武家の娘」

光秀の娘であるたまは、忠興の嫁となったが、関ヶ原の戦いがはじまる寸前、自死に近い形で果てた。敵勢に取り囲まれたのを見て、みずから屋敷に火を放ったのである。

忠興はそれを後年まで悔やんでおり、関ヶ原の戦いののちに光秀と再会した際には、深く謝罪をしたらしい。いまも頭をさげたところを見ると、いまだ思いは残っているのだろう。

「言いたいことはあるだろうが、いまは目の前のことをなんとかせねばならぬ」

信長は長政を見た。

「新免玄信なる人物について知りたい。ふたりとも縁があるとのことだな」

「はい。父上の家臣でした」

先に口を開いたのは、長政だった。

「いまは、宮本武蔵《みやもとむさし》という名で知られています」

「武家らしい名前だな」

「生まれは美作《みまさか》で、その後、父親に連れられて播磨に移り住みました。父親が我が家に仕えたのは四国征伐のころ、九州征伐や朝鮮での戦いにも加わっております。石田治部と揉めた際にも、我が父に従って九州で戦いました」

「息子のほうはどうなのだ」

「はっきりしませぬ。戦いの前には致仕《ちし》したという話もございまして。ただ、往時を知っている者の話では、手のつけられない乱暴者で、刃傷沙汰が絶えなかったようです。すぐに頭に血がのぼり、同僚を斬ったあげく、屋敷を取り囲まれたこともありました」

「剣の腕前は」

「ただただ、すごかったと……ですが剣技に優るのではなく、力まかせの攻めだったとのことで」

「なるほど、昔からあれか」

信長は苦笑した。凄まじい剣圧は、まだ記憶に残っている。

「して、おぬしは。二年前に顔を合わせたとか」

「はい。豊前の地で。仕官を求めてきまして」

忠興は背筋を伸ばし、強い声で応じた。

「立ち合わせてみたところ、筑前の申すとおり、凄まじい剣技で相手を叩きのめしました。取り立てようと思ったところ、剣術指南役でなければ嫌だと申しまして。あの荒っぽい技を人に伝えるのは無理だと思い、断りました。そのすぐあとに、小倉の町で騒動を……佐々木小次郎《ささきこじろう》なる剣士と渡りあったのです」

「ほう」

「近くの島で一騎打ちという話も出たのですが、時期が整っていないということで、それは取りやめとなりました。ただ町外れで剣戟を交えたらしく、何人かが巻き添えになって命を落としました。その後の行方はわかりません」

「本当にか。まったく追っていなかったのか」

信長に睨まれて、忠興は青くなった。

「申しわけありませぬ。気になったので、折りに触れて、動きを探っておりました。全国を渡り歩いて、姫路池田、金沢前田、紀伊浅野、高松生駒で仕官を求めましたが、いずれも断られたとのこと。行状がよくないとみなされたようです。その後は行方をくらましていましたが、今年になって幕府の者と話をしたようです。三月には、江戸で姿を確認しております」

「徳川家の家臣となったのか」

「それも違うようで。何者かが扶持《ふち》を与えているようですが、そこははっきりしませぬ。申しわけありませぬが」

「いや、かまわん。十分だ」

玄信と徳川家がかかわっている。それがはっきりしただけでもありがたい。

もし玄信の雇い主が徳川家であるならば、事態は深刻だ。鶴千代の正体も含めて、あらためて考えていく必要がある。

「いろいろと聞かせてくれて助かった。豊前にいたことは知っていたが、その後の動きはまるでつかめていなかったからな。与一郎のおかげだ」

「いえ、たいしたことでは」

ふたたび忠興は頭をさげると、横目で長政を見た。視線が合ったところで、長政が話を切りだした。

「ひとつ、申しあげたき儀がございますが、よろしゅうございますか」

声は低く、迫力がある。忠興も軽く手を握《にぎ》り、身体を強張《こわば》らせて頭をさげている。歴戦の戦国大名が、このような態度に出るとは、並の事態ではない。

応じる信長の声も、自然と低くなった。

「言ってみよ」

「上さまがかくまっている子どもを、なにとぞ、お渡しいただきたい。できることならば、今日にも」

信長は目を細め、光秀は口を固く結ぶ。

「どこからの話だ」

「さる筋、とだけと申しあげさせていただきます」

忠興もなにも言わない。おそらく事情を知っているのだろう。

五十二万石と三十九万石の大名に話をつけて、その意を伝えることのできる存在は数少ない。話の流れを踏まえれば、おおよその見当はつく。

その意を示したのは、光秀だった。

「将軍家に近い筋からか。おそらくは本多正信《ほんだまさのぶ》」

声はおそろしく冷たい。長政を見る目も刃のような鋭さだ。

さすがに、天海を名乗って、幕府の中枢で暗躍しているだけのことはある。素浪人の信長とは、言葉の重みが違う。

長政と忠興が圧倒されているのを見て、信長は小さく笑った。

「あまりいじめるな。かわいそうであろう」

「ですが……」

「かまわん。こやつらには、こやつらの立場があろう。家臣も大勢抱えている。家を潰すわけにはいかぬ」

そこで、信長は口元をつりあげた。

「まあ、そもそも家康に逆らう度胸はないだろうが。覇気はとうの昔に消えておるよ」

ふたりの顔は渋かった。信長の指摘が痛いところを突いたからだ。

話の流れを考えれば、今日、ふたりが面談に応じたのは、最初からこの話をするためと見るべきだ。動きが早かったのも、事が急を要したからだ。

その一方で、信長は、ふたりがそれなりの気遣いをして、対面の場にのぞんでいることも気づいていた。

「おぬしたちの言いたいことはわかった。だが、鶴千代を渡すわけにはいかぬ」

「なぜでございますか」

「渡せば、たちまち殺されるからだ。違うか、吉兵衛《きちべえ》」

あえて信長は、長政を昔の通称で呼んだ。その声には重みがある。

「鶴千代は間違いなく狙われておる。玄信だけでなく、他の武士にもな。敵方は半端なことは考えておらぬだろう。捕らえたら、即座に始末する。それだけだ。わかっていて渡すわけにはいかぬな」

「我々が、その子の命は保証いたします。ですから」

「駄目だ。そなたたちではおさえられぬ」

相手は強大で、家を残すことを考えれば、いずれは押しきられる。

「鶴千代は渡さぬ。我々でなんとかする」

信長が言いきると、長政と忠興は顔をしかめた。そこには葛藤が見てとれる。

自分の直感が正しかったことを感じて、信長は先を続けた。

「ただ、ひとつ聞かせてほしい。おぬしらは、このたびの件、どのように思っている」

ふたりは顔を見合わせた。時を置いて口を開いたのは、年上の忠興だった。

「事の顚末《てんまつ》はわかりませぬが、いささか無体《むたい》かと。なんの説明もなく子を引き渡せというのは、おかしな話。引き渡せばその場で始末するという上さまの見立ては、おそらく間違っておりますまい。さすがに、非道に過ぎましょう」

「あまりにも憐れ。さきほど我らが命の保証をすると申したのは、偽りではございません。なにか手助けできることがあればと」

長政も静かに応じた。

どうやら、信長の読みは間違っていなかったようだ。

忠興も長政も、鶴千代に好意的だった。こうして四人で話しあう場を設《もう》けたのも、自家の都合以上に、この件をなんとかうまく解決したいという思いがあってのことだ。

見捨てるつもりであれば、家臣を話しあいの場に送ればいいのであって、みずから姿を見せたことこそが情愛の深さを示している。

長政も忠興も苛烈な幼少期を過ごしており、事情がわからないなりに、鶴千代の処遇に同情を覚えたのであろう。

「あいわかった。おぬしらの思い、しかと受け止めた」

そこで信長は、悪戯小僧のような笑みを浮かべた。どこか邪悪だ。

「ならば手伝ってもらおうかの。策を考えていたところだ」

信長が胸中を語ると、ふたりの表情はたちまち強張った。

とんでもないことにかかわってしまったと言いたげだったが、いまさら逃げることはできない。

「悪いが、勝負に乗ってもらうぞ」

第六天魔王の声は高らかに響いた。それは、新たなる戦いのはじまりを明快に告げていた。

五

それから半月もせぬうちに、江戸で、妙な噂が流れはじめた。

本能寺で死んだ織田信長の幽霊が、江戸を闊歩《かっぽ》しているという。あるときは大名小路で、またあるときには新橋の近くを。

濃厚の直垂《ひたたれ》に灰色の袴で、髪は高く結い、堂々と前を向いて歩いている。

その姿は、さながら生きているようだったと。

当初は戯言《ざれごと》と思っていた江戸の民も、繰り返し目撃証言が出ると、気になりはじめた。何人かが道三堀や呉服橋のあたりに様子を見にいくと、噂どおりの信長が姿を見せたので、さらに話は広まった。

細川や黒田のみならず、藤堂、前田、生駒、蜂須賀《はちすか》といった、信長と縁のあった家中で声があがると、噂の声はさらに広がった。

何人かは信長の幽霊を実際に見て、声も聞いていた。

「天下を返せ」

その言葉は、またたく間に広がり、江戸の町を揺さぶった。

六

信長は、江戸城から大名小路に入る行列を見たところで、ゆっくりと姿を見せた。わざと左右に身体を揺らしながら近づいていく。

戌《いぬ》の刻を過ぎており、周囲は闇に包まれている。頼りは月の明かりだけで、それも薄い雲に覆われていて、いささか弱い。提灯《ちょうちん》の輝きが、わずかにあたりを照らすだけである。

そのせいか、行列が信長に気づくには、いささか時間がかかった。

「あっ、あれは」

護衛の武士が声をあげ、わずかにさがった。

「信長公の……」

噂が広まっているせいか、姿を見せただけで、侍も足軽も怯《おび》えてさがっていた。その場にへたりこんでしまった者もいる。

信長は低い声で語りかける。

「天下を返せ」

そのひとことで、全員の顔が青ざめた。よほど恐ろしいらしい。

本能寺の変から二十数年が経ち、信長像にはさまざまな尾鰭《おひれ》がつき、いつしか神仏をも怖れぬ非道の人物という印象が強くなっていた。

気に入らなければ、家臣すら手打ちにし、狗《いぬ》に食わせる。合戦で負けた者の皮を剝ぎ、髑髏《どくろ》を取りだして酒を飲む。叡山や高野山では僧侶をなで切りにして、高笑いしていた等々……数えあげれば切りがない。

実際の信長は、たびたび熱田神宮《あつたじんぐう》に参り、縁のある寺院もしっかり保護していたのだが、それらは無視されていた。家臣を手打ちにしたこともあったが、それも理由があってのことだ。

事実無根とわかっていたが、信長はいちいち糺《ただ》すつもりはなかった。半分は正しかったし、人々から怖れられるのも、それほど悪いことではない。

とりわけ今回は役に立った。

「儂の天下だ」

信長が前に出ると、ようやく気配が変わった。紺の直垂を身にまとった武将が馬からおりて、行列の最前列に姿を見せたのである。

「よくもそのようなことを」

武将は怯える家臣を押しのけて、太刀を抜いた。

「我は、池田右近照政《うこんてるまさ》。旧主の名を穢《けが》すなど、不届き千万。その正体を暴いてくれるわ」

月光に照らされた顔には、見覚えがある。初陣のときに顔を真っ赤にして、信長の前に現れた若武者だ。

口上を間違え、柴田勝家《しばたかついえ》にからかわれたが、それもまたよいと信長は褒めたのである。あのころから、本質はあまり変わらないようだ。

池田照政は、信長の重臣であった池田恒興《つねおき》の次男で、父や兄の元助《もとすけ》とともに忠実な家臣として働いた。荒木村重が謀叛を起こした際には、花隈《はなくま》城攻略に参陣し、激しく敵勢と戦った。

その後、父と兄が討ち死にしたことで、池田家を継ぎ、紀州征伐、九州征伐、小田原征伐に参加し、豊臣政権の重鎮にのぼりつめた。

秀吉の死後は、家康の娘を娶《めと》っていることもあり、徳川家と行動をともにし、関ヶ原の戦いでは、毛利勢の動きをおさえる役目を見事に果たした。姫路五十二万石を与えられたのも、名声を考えれば当然のことと言えよう。

あの鋭さだけの若武者が、よくぞ戦国の世を泳ぎきったと思う。往時を思えば、感慨深い。

「引っ捕らえてくれる」

照政は、太刀を構えて間合いを詰める。

動いたのは、月の明かりが雲の合間から洩れてきたときだった。照政は右にまわり込んで、横薙ぎの一撃を放つ。

下がってかわすと、今度は上段からの一撃だ。

その一撃を、信長は受け止めた。鋼《はがね》が激しくからみあい、軋《きし》みをあげる。

目をつりあげる照政に、信長は顔をしかめて応じる。

「やるようになったな、古新《こしん》。いい踏みこみだ」

「なにを言うか。よくも、そんな……」

「知っておるぞ。初陣のとき、うまく首が獲れず、家臣に手伝ってもらったことを。岐阜に戻った際に、恥ずかしい思いをしたと語ったな。もっと太刀をうまく扱えるようになりたいと。鍛えて懸命に働けと言ったが、どうやら忘れていなかったようだな」

「どうして、そのことを……」

「忘れたか。この顔を」

照政は、信長を見つめる。その目が大きく開かれた。

「まさか……そんな」

顔をゆがめて、照政はさがる。

「本物の上さまですか。いったい、どうして……」

「亡霊よ。戦国の世から、飛びだしてきただけだ。あまりにもこの世がつまらぬので、引っ掻きまわしてやろうと思ってな」

信長は刀を収めると、声を張りあげた。

「いまの主《あるじ》に伝えておけ。信長の亡霊、事がおさまるまでは、江戸で暴れまわるとな」

供の者が我に返って、照政に駆け寄ってきた。全員が抜刀している。

信長は笑って、かたわらの路地に飛びこんだ。最後に見たのは、呆然と立ち尽くしたまま、彼を見つめる照政の姿だった。


池田照政が信長の亡霊と顔を合わせたという話は、またたく間に広がった。

事態を重く見た将軍秀忠は、安藤、土井の両名を池田家に送りこんで、事情を尋ねた。話しあいは二刻にわたって続き、屋敷を出たとき、ふたりの顔は青くなっていたという。

その後も信長の亡霊は立て続けに出て、ついには秀忠の家臣も顔を合わせた。

九月に入るころには、噂はおさえることができなくなっており、徳川の天下を恨んだ信長が幽界からさまよい出ている、という話が公然と語られるようになっていた。

七

「いや、愉快、愉快。これほどの騒ぎになるとは、思いもよらなんだわ」

「誠でございますか。じつは端《はな》から狙っていたのではありませぬか」

光秀が上目遣いで訊ねてきたので、信長は鼻を鳴らして応じた。

「だったら、もっとうまくやっておったわ。向こうの注意を逸らそうと思っただけで、幕府の上にまで話が広がるとは思っていなかった。照政に会ったのが、やはり効いたな」

「あのあと池田公は、黒田、細川と会って話をしております。すでに真相は知っているものかと」

「三人がそろっているところに出ていって、からかってやろうか」

「無体《むたい》な振る舞いはどうかと」

「少々、つついたほうがよいのだ。奴らはぬるすぎる」

信長が囲炉裏に火箸《ひばし》を突っこむと、火の粉が爆《は》ぜた。

さすがに九月もなかばを過ぎると、夜は冷えてくる。今日も北からの風が強く、梢の鳴動が室内にいても響いてくる。

ふたりが顔を合わせているのは、農家の板間だった。上野の山の近くで、光秀が借り受けて隠れ家にしている。

移動したのは八月の頭で、それ以来、敵の襲撃は途絶えていた。

光秀は、豊介の屋敷を訪ねた直後から、上野のことをかなり気にしていて、みずから出向いて周辺を調べていた。泊まりがけで出ることも珍しくないようで、本気で上野の山に大伽藍《だいがらん》を築くつもりなのかもしれない。

「そろそろ来るでしょう。悪評は早々に封じたいかと」

「始末するつもりだろうな」

「いまは亡霊ですから。殺すのではなく、調伏《ちょうぶく》ですな」

「この世から消えることに変わりはない。それを待っているのは阿呆らしい」

信長は火箸を投げ捨てた。

「いつ来ると思う」

「五日以内」

「その根拠は」

「知らぬ顔が、あたりをうろついています。この三日で数が増えておるのは、我らが住んでいることに気づいているからでしょう。長くはもたぬかと」

「であるか」

「もうひとつ、向こうが急ぐ理由《わけ》がございます」

「なんだ」

「家康殿が帰ってきます」

光秀は、家康が江戸に帰還する準備をはじめた、と語った。秀忠と頻繁《ひんぱん》に連絡を取って指示を出す一方、帰還後、どのように政を進めるかについて光秀に伝えてきたとのことだった。

「十月なかばと申していますが、上方をまとめるには、もう少し時がかかりましょう。おそらく十一月の前半かと」

「長かったな」

家康が江戸を離れたのは三月なかばで、以来、上方に留まって、豊臣方の武将のみならず、朝廷の要人や有力公卿、さらには堺《さかい》や大坂の商人と会って、今後の情勢について話しあっていた。

滞在が長引いたのは、それだけ上方が緊迫していたからだ。豊臣方は、将軍職を秀忠に譲ったことに神経質になっており、家康からの説明を求めていた。工作に時間がかかったことは、信長にも想像がついた。

「大御所が帰る前に、亡霊の件は片付けておきたいはず。ならば、この機かと」

「あの化物も出てくるか」

「おそらくは」

「ならば、一気に決着をつけよう。こちらの備えも整った」

三左衛門に話をして、物資はそろえてもらっていた。

「あとは……」

信長が視線を転じると、板戸が開いて鶴千代が現れた。ごく自然な振る舞いで、囲炉裏のかたわらに腰をおろすと、ふたりを交互に見る。

「話がありそうなので来てみたが、どうだ」

「察しがいいことで助かるな」

「それだけが取り柄だ」

「先のことが決まったので、おぬしにも話しておく」

信長は危機が迫っていることを包み隠さずに話し、対策を示した。

「……そこまで考えているのか。ならば、我のするべきことはないな」

「いや、ある。それをここで確かめておきたい」

信長は、鶴千代を見つめる。

「おぬしは狙われている。捕まったら、まず殺されるであろう。それを踏まえて、どうするか訊きたい。ありていに言えば、生き延びたいか、それとも、さっさと首を刎《は》ねられ、その命を終えるか。そういうことだ」

鶴千代は無言だった。ただ、信長を見ているだけだ。

「おぬしが死にたいのであれば、放っておいて逃げる。儂らの逃げ足ならば、たやすく捕まることはない。奥州の片隅で湯にでも浸かってのんびりする」

「そうか」

「逆におぬしが生き延びたいというのであれば、決着がつくまで手伝おう。我らの命に代えてでもな」

「ずいぶんと気を遣ってくれる。それほどの恩義があるとは思えぬが」

「かかわってしまったから、しかたなかろう。これも縁よ」

「そうか」

鶴千代は手を膝に置いて、視線を逸らす。沈黙は長くは続かなかった。

「正直なことを申せば、死にたくはない」

口調は淡々としていた。表情も変わらない。

それは恐怖のせいで感情が麻痺《まひ》しているのか、最初から感じていないのか、それとも他の理由があるのか。傍目《はため》からは、よくわからなかった。

「だが、生きていても、先の道筋は見えない。前にも言ったとおり、我は自分が何者で、どういった係累《けいるい》を持っているのかわからぬ。おかげで、足元がしっかりせず、いつもふらふらしている。行き場がない。こんな阿呆が人さまに助けられ、場合によっては犠牲を強《し》いてでも生き残ってもよいのか。正直、無駄にも思われる」

「おもしろいことを言う」

「だから、なんとも言いかねる。無駄に犠牲を出すぐらいであれば、ここでいなくなってもよいと思う。それほどの値打ち、我にはない」

「なるほど、言いたいことはわかる」

信長が火箸で囲炉裏を掻きまわすと、火の粉が飛んで、鶴千代の顔にかかった。

「なにをする」

「したり顔で語るでない。子どものくせに」

信長は顎《あご》をしゃくって、鶴千代を見おろす。

「その年で、みずから死んでもよいと言うのは傲慢であろう。子ども、いや、人はもう少し素直であるべきだ」

「そうなのか」

「ああ。儂が子どものころは、それこそ好き勝手放題であったぞ。馬に乗って、近所の馬鹿どもと一緒に駆けまわっていた。悪さをして、さんざん叱られた。うつけ者と呼ばれては、大人には嫌がられていた……だが、楽しかった。口うるさい連中に逆らって生きるのは、痛快であった」

信長は、尾張の草原を駆けめぐった日々を思いだす。

織田家はまだ尾張の一勢力に過ぎず、苦難に満ちた日々だったが、それだからこそ信長は弾《はじ》けるように暴れまわり、その後、彼の家臣となる子どもたちと駆けずりまわった。

本気で怒り、殴りあった日々は、いまも胸のうちに刻みこまれている。あの日があったからこそ、いまもこうしてやっていける。

「大人になってからも敵に刃向かっていたが、そのうちに、なにに立ち向かっているのかわからなくなった。ただ敵対しているだけで、心の内側は空っぽだった。最後のころの儂はおかしかったな」

「我ら、でございましょう、上さま。手前も同じでございましたよ」

天下統一を目前に控えて、信長も光秀も目標を失っていた。気持ちをうまく整理することができず、惰性で生きていたのかもしれない。

目の前のことしか見えておらず、深く物事を考えるのをやめていたからこそ、ふたりは最悪の結末に導かれたのである。

「話が逸れたな。要するに、やりたいこともやらないうちに死ぬなどと申すのは、もってのほかということだ。少々、暴れまわってみてはどうだ」

鶴千代はうつむいた。口は固く閉ざされている。

信長も光秀もあえて声はかけなかった。聡明な子どもが自分なりに考えをまとめていることがわかったからだ。

「そうかもしれぬ。いささか割りきりすぎたな」

鶴千代は顔をあげて笑った。それは幼く、年相応に見えた。

「考えてみれば、儂は大人に叱られたことがない。世話してくれる者は多かったが、なにかしでかしてもたしなめるだけで、頭ごなしに怒鳴りつけられたことはなかった。お目付役の侍も、踏みこんで話をすることはなかった。なんとも、つまらなかった」

「であるか」

「そうだな。しばらくはやりたいことをやって、怒られてみるか。たわいもないことに突き進んで、本気で馬鹿と言われたい。そうすれば、少しはまともになるような気がする」

鶴千代は正面から信長を見つめた。

「なにかやらかしたら、おぬし、我を怒鳴りつけてくれるか」

「もちろんだ。思いきり張り倒してやる」

「だったら生きてみよう。おもしろそうだ」

鶴千代の表情は晴れやかであった。迷いを断ちきって、前に進む意欲に満ちあふれている。

若さゆえではあるまい。生来、鶴千代はそういう人物なのだろう。

「それにしても、もう少しましなやり方はなかったのか。火傷《やけど》するところだったぞ」

鶴千代が顔を気にしたので、信長は笑った。

「これぐらいで済めばかわいいものよ。のう、十兵衛」

「熱湯が飛んでくることは、あたりまえでしたからな。何度、火傷したことか」

「避けぬおぬしが悪いのよ」

「逃がさぬように、頃合いを見計らっていたではありませんか」

呆れる鶴千代を横目で見ながら、信長は立ちあがった。

「では、守ってやるか。血が騒ぐわ」

「さようで」

「合戦だ。行くぞ、十兵衛」

信長が立ちあがると、かつてそうだったように、光秀は静かに手をついて、頭をさげた。

八

信長は目を開けて、身体を起こした。

時は未《ひつじ》の刻といったところであろう。板戸の隙間から朱色の光が差しこんでいる。

攻めこむにはよい時間だ。完全に日が暮れてからの争いとなれば、夜陰にまぎれて逃げ落ちることもありえる。晩秋の一日は短いから、決着をつけるのであれば、早めに動くのが当然であろう。

十兵衛が攻めてくると言ったのは、四日前だ。あいかわらず読みは鋭い。

信長は太刀と脇差を腰に差し、手槍《てやり》を取った。

「十兵衛」

「いつでも」

光秀が起きあがった。僧形であることに変わりはないが、右手に大きな太刀を持ち、長脇差もつっている。脚絆《きゃはん》で足を覆い、草履も脱げないように縛っている。

爛々《らんらん》と輝く瞳は、往事の光秀に重なる。

教養に富み、穏やかな振る舞いで知られていたが、彼もまた戦国武将だ。性根が変わるはずもなかった。

光秀のかたわらを見ると、鶴千代が立ちあがっていた。

胴丸《どうまる》に畳兜《たたみかぶと》といういでたちで、腰には信長が渡した薬研藤士郎《やげんとうしろう》を差しており、思いのほか似合っていた。

「いけるか」

「無論だ」

「よし、出るぞ」

信長が呼吸を整えると、戸口を開く。三人はひとつの塊《かたまり》となって飛びだし、屋敷の裏手にまわる。

間を置かず、弓矢が降りそそぐ。

五本、十本と弧を描いて舞い落ちた。

続いて、銃声が轟《とどろ》き、風切り音が頭上をつらぬく。

「鉄砲も使ってくるのか。えげつない」

「本気で仕留めるつもりかと」

「だが、ぬるい。抜け道を残すようでは、甘すぎる」

矢をかいくぐって、信長は屋敷から離れた。身を低くして上野の山に向かう。

銃声とともに、叫び声がした。大地が揺れて、馬のいななきが響く。

騎馬武者が迫っている。動きは速いが、むしろ、こちらには有利だ。入り乱れれば、鉄砲は使えない。

信長は光秀と鶴千代を先に行かせて、身を伏せた。

騎馬武者が彼のかたわらを通り抜けたところで立ちあがり、手槍で足を突き刺した。

絶叫が響いて、騎馬武者が馬上でよろめいた。無理に手綱を引っ張ったことで、馬も大きく右に傾く。

それを狙って、信長は鎧武者に飛びつき、その足を引いた。

思いきり力をこめたので耐えられず、騎馬武者は馬から落ちた。

「甘いわ。一向衆と戦ったことがないのか」

一向衆は神出鬼没で、見えぬところから仕掛けて打撃を与える。

草むらから迫る槍に、信長は何度も苦汁《くじゅう》を舐めた。手槍に糞や毒を塗ることはあたりまえで、わずかな傷で将兵は戦闘不能に陥《おちい》ったのである。

信長は手槍を引き抜くと、主《あるじ》のいない馬に乗り、駆けだした。すぐに光秀と鶴千代に追いつく。

「乗れ」

光秀は鶴千代を抱えて、信長の後ろに乗った。

横目で後ろを見ると、騎馬武者の一団が迫ってきていた。いでたちは小袖に袴という軽装であるが、全員が槍を持ち、頭に鉢巻きを巻いている。

数はおよそ三十。全員が殺気を彼らに向けている。

江戸の外れとはいえ、これだけの兵を動かせば、騒ぎになる。

農民や町民に目撃されることもあるわけで、外様の大名ならば、たちまち取り潰しになりかねない。

そのあたりをまったく気にしないことから、ある程度、敵の正体はわかる。

「右から来るぞ」

鶴千代の声に顔を向けると、新たなる騎馬武者が迫っているのが見てとれた。およそ十騎で、こちらは全員が具足《ぐそく》を身につけている。

先頭の武者には見覚えがあった。

まったく面倒な男が出てきたものだ。

信長が窪地に馬を走らせると、騎馬武者の一団は、すばやくその進路をふさいだ。たちまち、彼らを取り囲んでしまう。

「そこまでにしてもらおう、狼藉者《ろうぜき》。おとなしく我らに従え」

白い髭を伸ばした武者が前に出て、信長を睨みつけた。

ひどく痩せていて、ひ弱な印象すら与えるが、それに騙されるとひどい目に遭う。戦国の御世をくぐり抜けてきた歴戦の強者《つわもの》だ。

「よく言う。従えば、その先の野原で首を落とすつもりだろうに」

「その子どもを我らに渡していれば、見逃してやってもよかった。信長公の名を騙《かた》るなどと、つまらぬ真似をしおって」

渡辺半蔵守綱《わたなべはんぞうもりつな》は、槍を信長に向けた。

守綱は家康と同い年で、姉川の戦いからはじまって三方ケ原《みかたがはら》、長篠と主だった戦いにはすべて参加している。秀吉と戦ったときにも、先鋒《せんぽう》を務めたと聞く。槍半蔵《やりはんぞう》の異名をとり、多くの戦功をあげた剛の者である。

「あっ、爺」

鶴千代が半蔵の顔を見て、声をあげた。

「知っているのか」

「我の面倒を見てくれたのは、あの者だ」

「豪毅《ごうき》な男に育ててもらったな」

鶴千代の胆力が太いのも納得である。

守綱は、鶴千代の顔を見ても、まったく表情を変えなかった。

さすがに歴戦の強者だけあって、己の使命をわかっているのだろう。

十年も付き合ってきたのだから、それなりに鶴千代に情は感じているであろうが、微塵《みじん》も表に出さない。

「おぬしか。信長公の名を騙《かた》ったのは」

守綱は信長を睨んだ。

「その罪、償《つぐな》ってもらうぞ」

「なぜ、そんなことをせねばならぬ。騙りなどと誰が決めた」

信長は馬からおりて、守綱に歩み寄った。

「儂の顔を見ろ、半蔵」

「なにを……」

「姉川の戦いでは、見事に一番槍を務めたな。朝倉勢に寄せていくおぬしの姿、いまでも覚えておるわ。合戦ののち、家康に連れられて、我が陣を訪れたな。そのほうの振る舞いには感服したものだ。これからも家康を支えるようにと述べたこと、覚えておるか」

守綱の表情が大きく変わる。大きく開いた口からはうめき声があがった。

「そんな、まさか。いや、たしかに」

「長篠の戦いは大変であったな。おぬしが武田勢と渡りあったからこそ、付け入る隙を作ることができた」

「まさか、本当に信長公……」

「いまだ」

信長は手をあげると、さがって窪地の端まで逃げた。

守綱があとを追いかけようとしたところで、濁流が窪地に流れこんできた。凄まじい勢いで、追っ手の騎馬武者を薙ぎ払う。

守綱はかろうじて馬首を返して対岸にあがったが、残りの武者はたちまち泥流に飲まれて、その姿を消した。

「水攻めは合戦の基本よ。おぬしたちが悪い」

「合戦ですと？」

「そうよ。その覚悟もなしに来たのか」

信長が右の高台を見つめると、大鳥逸平が手を振っていた。

敵勢が攻めかかる前から、信長は仕度《したく》を調えていた。光秀が事前に地形を調べていたおかげで、水攻めに適した場所を見つけるまで、たいして時をかけずに済んだ。あとは川を堰《せ》き止めて合図を出すだけだ。

騎馬武者とはいえ水に流されては無事では済まない。

「いまだ。やり返せ」

信長がさらに手を振ると、大鳥の背後から矢が舞って、敵兵に降りそそぐ。

ふたり、三人と武者が馬から落ちていく。攻めようにも、濁流は激しく、馬で渡るのは難しかった。

相手方も矢を放ったが、低地からの攻撃だったので、うまくいかない。

高台に弓矢を置いたのも、信長の策だった。

合戦なら、高地から攻めるのは当然だ。

射手は大鳥逸平の仲間で、手際はおぼつかなかったが、地形の優位を活かして、巧みに敵の動きを食いとめていた。

守綱は顔をしかめた。騎馬武者は動きをはばまれ、弓矢は攻め手を欠いている。鉄砲も、迂闊に近づけば射られるだけだ。

この隙に逃げきりたいところであるが、そうは簡単にいかないだろう。

信長が視線を向けた先には、黒い塊があった。凄まじい勢いで、守綱を追い越し、川に飛びこむ。

流れは激しかったが、意にも介さず、泳ぎきってしまう。

岸にあがると、背負っていた大太刀を抜いた。濡れているはずなのに、気にする気配もなく、軽々と振りまわしてみせる。

「来たか、化物め」

新免玄信、いや宮本武蔵は、信長を悪鬼のように見据えて、獣のように唸り声をあげている。

策は講じたが、本当に勝てるかどうかはわからない。むしろ、馬力で押しきられてしまうかもしれない。

「そのときは、そのときよ」

信長は長谷部を抜くと、高笑いした。魔王の嘲笑があたりを揺るがす。

「死ぬは一定。ひとたび生まれて滅せぬもののあるべきか」

玄信が跳ねて、一気に間合いを詰める。

斬撃が上段から来て、信長はかろうじてかわす。

横ざまの一撃は、左に跳んで、あっさりとかわされた。

右袈裟《みぎげさ》の大太刀を、信長は長谷部をかざしてかわした。両足に力を入れていたにもかかわらず、一間も吹き飛ばされていた。

「さがれ、さがれ！」

信長は、光秀と鶴千代をかばいながらさがっていく。行き先は竹藪《たけやぶ》で、細い道を掻き分けて、中央部まで突き進む。

玄信は無理に竹を押しのけて、前に出てくる。

信長はそこを狙って、強烈な突きを放つ。

玄信は大太刀で払ったが、その切っ先が食いこんで、動きが止まる。

好機と信長は踏みこむも、玄信は力まかせに竹を切り裂いて、上段から太刀を振りおろした。

受け流すことができたのは、万が一に備えていたからだ。それでも腕が痺《しび》れて、信長は後退せざるをえなかった。

「上さま」

「手筈《てはず》どおりにやれ。いましかない」

竹藪は、うまく玄信の動きを封じていた。変幻自在の跳躍がないだけでも、十分、ありがたい。

信長は足元を確かめながら、ゆっくりさがっていく。一方、光秀は右に、鶴千代は左に広がり、半包囲の陣形を整えた。

玄信の注意は、信長に集中していた。本来の目的は鶴千代であろうに。

それほどまでに、追いこまれたことが悔しいのか。

怒りで目がくらんでいるのならば、攻める好機はいましかない。

玄信は隙間を抜けて、間合いを詰めてくる。

藪の中央部は竹が少なく、動きが縛《しば》られることはない。

そこに怪物が足を踏みこんだところで、光秀が動いた。太刀で上段から斬りつける。

玄信は視線も向けずに、それを払いのけた。一瞬で左に跳び、横薙ぎの一撃を放つ。

光秀はかろうじて受け止めたが、吹き飛ばされて、あおむけに倒れた。

それを見て鶴千代が動き、右から攻めたが、それも食い止められてしまった。

玄信の拳がその顔を殴り飛ばすよりも速く、信長が間合いを詰める。

長谷部の斬撃は、玄信の大太刀に食い止められてしまった。振り払われたときの衝撃で、刀は信長の手を離れる。

それでも、信長は前に進むのをやめず、玄信の懐《ふところ》に飛びこむと、手にした布きれをその口に突っこんだ。

玄信の表情が変わり、動きが止まる。

ためらうことなく、信長はその腹を蹴飛ばす。

たたらを踏んでさがった玄信は、一間ほど離れたところで、突然、姿を消した。

用意していた落とし穴に、きれいにはまって落ちたのである。

信長が大きく息を吐いて、穴をのぞきこむと、穴底で玄信はあおむけになって倒れていた。網がからみついて、その動きを封じている。激しく手を振っているが、抜けだすことはできないであろう。

「ざまを見たか」

玄信が吠えて暴れるのを見て、信長は唾を吐きつけた。

「強さだけで勝てると思うな。悔しかったら、頭を使え」

落とし穴から離れると、信長は空を見あげる。

「なんとか決着がついたな」

化物の動きを封じ、武者の攻撃も凌《しの》いだ。

日が暮れれば、攻め手はなくなるはずで、とりあえず生き延びることができた。

明日以降、攻めてくることも考えられるが、あれだけの手勢をそろえることができるかどうかは疑問だ。

夕陽が差す竹藪で、信長は太刀をしまうと、ふらつく鶴千代をともなって、光秀のもとに歩み寄った。

十月の冷たい風が吹き抜けるが、不思議と寒さは感じなかった。

九

最後に会ったのはいつだったであろうかと思いながら、信長は目の前の男を見つめた。

光秀が押し寄せてきたときには堺に移動していた。話をしたのは、その二日前で、最初は信忠を交えて、ついでふたりきりで話をした。信長が亭主で茶をすすりながら、茶器のことについて語りあった。

あれから長い時が過ぎた。

その間に、精悍《せいかん》だった身体にはたっぷり肉がついて、腹は驚くほど出ていた。皺《しわ》だらけの顔は丸く、瞼《まぶた》が重くて目が隠れそうである。

枯《かれ》色の小袖に、黒の袖なし羽織がよく似合う。

「年を取ったな、家康」

「上さまこそ。顔の皺が深くなりましたな。髪も白くて、別人のようです」

「おぬしのように肉づきはよくならなかった。いいものを食べていないからな」

「まさか、こうしてお目にかかれるとは思いませんでした。おひさしぶりです」

徳川家康は頭をさげた。

だが、以前のように、卑屈な振る舞いではない。天下を取った自信からか。自分と信長は対等であると見せつけている。

「儂もだよ。生きて、おぬしと会えるとは思わなかった」

上野での合戦を終えた信長は、そのまま谷中方面に移動し、身を隠していた。大がかりな襲撃はないと見ていたが、刺客が送りこまれることは十分にありうる。迂闊に身をさらすのは危険だった。

その間に光秀は幕閣と接触し、手打ちの機会を探った。熱のこもった話しあいがおこなわれ、何度か刺客に狙われたとのことだが、大鳥逸平とその仲間に守られて、かろうじて窮地を脱し、粘《ねば》り強く交渉を続けた。

事態が動いたのは家康が上方を離れてからで、渡辺守綱と光秀の間で話しあいがもたれて、今後、鶴千代に手を出すことはないという申し渡しがあった。安藤家からも同じ話が出て、ようやく事態は終息に向かった。

その最中、信長は家康に会うことを申し出た。家康は渋っていたが、光秀の口添えもあり、今日の対面となった。

場所は増上寺の僧房。ふたりきりでの話しあいだった。

家康に緊張はなかった。鷹揚《おうよう》に振る舞う姿からは、かつてはなかった余裕が感じられた。

本能寺の混乱をくぐり抜け、秀吉と戦って戦国大名としての確固たる地位を獲得したうえで、関ヶ原の戦いで石田勢を破り、見事に天下を取った。

これまで積みあげてきた実績が彼を支えているわけで、素浪人の信長とは大きな差がある。

信長には、なにもない。

だが、それがいい。

自分はなにも背負っていない。

そのことが、どれほど心に余裕を与えるか、本能寺の前にはわからなかった。

「忙しいのであろう。なら、さっさと話をまとめよう」

信長は、笑って話を切りだした。

「鶴千代の件だが、どうする。あくまで始末するか」

「いいえ」

「であるか。これ以上、騒ぎは大きくできぬものなあ」

上野での戦いは噂になっていて、幕府は火消しに走っていた。

騎馬武者が走り、鉄砲を使ったとなれば、町民ですら気にする。伊達《だて》家は家臣を派遣して調べさせていたし、藤堂家や毛利家は合戦に備えて、武具をそろえたとも聞く。

同じことを繰り返せば、江戸は大混乱に陥る。そのあたりを狙って、信長は今回の騒ぎを起こしたのである。

「ただ、江戸には置けませぬ。出ていってもらいます」

家康の声は重かった。自然な迫力は、信長に圧力をかけていた。

「長崎か、平戸《ひらど》か。そのあたりがよいかと」

「それで、皆が忘れたころに始末するか。さすが天下人。人ひとりの命など、どうということはないか」

信長は笑って、家康を見つめた。

「なぜ、騎馬武者まで繰りだして、鶴千代を始末しようとしたか。おおよその見当はつく。生きているだけで困る者だからだ。先々、騒動の火種になり、下手をすれば、天下が揺らぐ」

「…………」

「なにせ、父親が徳川家に連《つら》なる者であるのだからな」

信長は力強く言いきる。

今回、敵勢の動きはすばやく、数も多かった。たちどころに信長の住処を突きとめて包囲し、玄信を投入して追いこみ、それが駄目となると、守綱がみずから手勢を率いて攻めてきた。よほどの裏事情がなければ、ここまではしない。

今回、重要だったのは、鶴千代の父親がわからないということだった。振る舞いからして育ちはよいと思ったし、屋敷を与えて、下男、下女をつけるだけの余裕があったのだから、相当に身分が高いのは想像がついた。

信長が徳川家とのつながりを疑ったのは、玄信に襲われた直後だった。光秀を通じて調べた結果、ようやく事の真相にたどり着いたのである。

「おぬしの子か」

「そうです」

「違うな。それなら、もっとうまくやったはずだ」

「そのような……」

「息子か」

家康は、目を閉じて沈黙した。やはり、そうであったか。

将軍秀忠の子どもともなれば、幕府は黙ってはいられない。

万が一にも露見すれば、大騒動になる。いや、すでに騒動になっていると言うべきか。

「将軍の奥方は、悋気《りんき》が強いと聞く。自分の知らない子どもがいると知ったら、ただでは済まさぬだろう。追っ手ぐらいは送りこんでもおかしくない」

信長は笑ったが、家康の表情は変わらなかった。

「ただ、息子が最初から事の次第をあきらかにしていれば、このようなことにはならなかった。たとえ、相手の身分が低かったとしても、将軍家の男子だ。跡継ぎになる資格はあるのだから、堂々と世間に知らせばよかった。行徳のあのような場所に隠して、ここまで事を大きくすることもなかった。いったい、なぜ、こうなったのか」

話してほしいと暗にうながしたのであるが、家康は応じなかった。苛立たしげに、親指の爪を噛むだけだ。

「公《おおやけ》にできなかったのは、父親のせいではないな」

「…………」

「ねぐらに鶴千代をかくまっていたとき、十兵衛、いや、天海が鶴千代の髪がおかしいことに気づいた。触ると色が落ち、確かめてみると、染料であった。鶴千代は髪を染めていたのだ。訊ねると、あやつは母親に言われ、いつも髪を黒く塗っていたらしい。手間をかけてな。本当は、金に近い茶色だったよ」

「…………」

「あやつの母親は、異国の民だな。明《みん》か、あるいは南蛮《なんばん》か」

数は少ないが、異国の女が日の本に入ってくることはある。妓女《ぎじょ》か、あるいは賤民として。たいていは朝鮮から渡ってくるが、倭寇が大量に連れてきて大量に売り飛ばすこともある。

京では内々に異国の女を提供する遊郭《ゆうかく》があって、名の通った商人や武家が足繁く通っているという。

「そのうちのひとりが江戸に流れてきて、秀忠と出会った。物珍しい容貌に秀忠は夢中になり、たちまち深い仲となった。そこで生まれたのが鶴千代だ。もちろん、こんなことが知られたら大騒動だ。異国の血が徳川家に入るなどとは、あってはならぬ。すぐに、おぬしは命じたはずだ。殺すようにと」

家康はなにも言わない。沈黙を守っている。

「だが、息子はこだわった。よほど女が気に入っていたのか。行徳に隠して育てていたが、それに気づいた何者かが動き、鶴千代を亡き者にしようとした。もう少し早く動いていれば、世間に知られることなく消え去っていただろう」

「あやつは隠しました。今回の騒動が起きるまで、こちらはなにも知りませんでした」

「手勢を送りこんだのは、おぬしではないな。いったい、誰だ」

鶴千代が十歳になって、秀忠が先のことを考えたところで、何者かが察し、異国の娘との子を亡き者にすべく武将を動かした。

いったい、何者か。

「まあ、その手の勘が働くのは、たいていは女だな」

家康はなにも言わなかった。

「かまわぬ。いずれにせよ、ここまで騒ぎが大きくなれば、安易に始末もできぬだろう」

信長は視線を切った。開かれた窓から青い空を見つめる。

「先々のことを考えるに、江戸から出すだけでは不安だ。日の本から出せ。呂宋《るそん》には、おぬしの知己もいよう。正体についてはそれとなく話して、あとはまかせればよい。あとは鶴千代次第よ。縁があれば、生き残ろう」

「それがよいですな」

家康は顔をしかめて応じた。

最初から、そこが落としどころとわかっているだろうに、あえて無愛想に振舞う。昔から変わらぬいつもの態度だが、年を取って鬱陶《うっとう》しさが増しているように思える。

「しっかりと手配せい」

信長は立ちあがって、家康を見おろした。

「鶴千代に万が一のことがあれば、このこと、天下にぶちまける。まあ、おぬしのことだから、うまくおさえるであろうが、それでも諸々《もろもろ》、差し響くことはあろう。上方の奴らを勢いづかせたくなければ、腹をくくれ」

「やむをえませぬな」

家康が頭をさげたところで、信長は背を向けた。

「どちらへ」

「話は終わった。ねぐらに戻る」

「まだ江戸の町で暮らすつもりで」

「もちろんだ。この町はおもしろい」

信長は振り向いた。その口元はほころんでいる。

「京や堺のような息苦しさがない。人も物も集まって、好きなように振る舞っておる。上方の連中は田舎と笑っていようが、だからこそできることもあろう。それを見ながら、生きていくさ。この町の者と同じく、好きにやりながらな」

「いつも、あなたはそうだ。好きなように振る舞って、好きなように生きていく。

手前にはできぬことです」

家康の瞳が翳《かげ》る。そこには、背負った世界に対する重さが感じられる。

「そういうおぬしだからこそ生き残って、天下を手にした。よいではないか」

信長は手を振って、家康から離れる。

「また会おう」

「ご勘弁願いたいですな。年を取ると、この熱気はこたえます。信長さまは、どこまでいってても信長さまのようで」

「であるか」

天下統一にあと一歩まで迫った男は笑って、対面の場から立ち去った。

冬の日射しが横から差しこむ。

その穏やかな光は、去っていった男と残った男の胸に、思いのほか深く刻みこまれることになった。

コスミック・時代文庫

浪人上《ろうにんうえ》さま 織田信長《おだのぶなが》
覇王、江戸に参上！

2024年1月25日　初版発行

【著 者】
中岡潤一郎《なかおかじゅんいちろう》

【発行者】
佐藤広野

【発 行】
株式会社コスミック出版
〒154-0002 東京都世田谷区下馬6-15-4
代表　TEL.03(5432)7081
営業　TEL.03(5432)7084
　　　FAX.03(5432)7088
編集　TEL.03(5432)7086
　　　FAX.03(5432)7090

【ホームページ】
https://www.cosmicpub.com/

【振替口座】
00110-8-611382

【印刷／製本】
中央精版印刷株式会社

ISBN978-4-7747-6531-0 C0193